Shenqi De Silu Minjian Gushi

神奇的丝路民间故事

老挝民间故事

LAOWO MINJIAN GUSHI

丛书主编　姜永仁

本册主编　张良民　李小元

时代出版传媒股份有限公司
安徽文艺出版社

图书在版编目（ＣＩＰ）数据

老挝民间故事/张良民，李小元本册主编. —合肥：安徽文艺出
版社，2013.1（2020.6重印）
　（神奇的丝路民间故事/姜永仁主编）
　ISBN 978-7-5396-6109-4

　Ⅰ．①老… Ⅱ．①张… ②李… Ⅲ．①民间故事—作
品集—老挝 Ⅳ．①I334.73

　中国版本图书馆 CIP 数据核字（2017）第 132058 号

出 版 人：朱寒冬　　　　　　　出版统筹：周　康　李　芳
责任编辑：周　丽　曾柱柱　　　装帧设计：徐　睿
....
出版发行：时代出版传媒股份有限公司　www.press-mart.com
　　　　　安徽文艺出版社　www.awpub.com
地　　址：合肥市翡翠路 1118 号　　邮政编码：230071
营 销 部：(0551)63533889
印　　制：济南市莱芜凤城印务有限公司
....
开本：880×1230　1/32　印张：6.5　字数：140 千字
版次：2018 年 1 月第 1 版　2020 年 6 月第 2 次印刷
定价：28.00 元
....

总　　序

青少年朋友们,大家好!

安徽文艺出版社为了配合"一带一路"倡议的实施,决定出版一套《神奇的丝路民间故事》丛书,并邀请我担任这套丛书的主编,这使我激动不已。一方面是因为我年逾古稀还有机会为"一带一路"倡议的实施贡献出自己的一份力量,另一方面是因为我能为祖国的未来——青少年朋友的成长做一件有益的事情。为此,我毅然决定接受邀请,出任该套丛书的主编。

2013 年,习近平主席在访问哈萨克斯坦和印度尼西亚期间,先后提出共同建设"丝绸之路经济带"和"21 世纪海上丝绸之路"的倡议。这一倡议是希望通过政策沟通、设施联通、贸易畅通、资金融通、民心相通,使沿线国家乃至世界各国能够共享我国改革开放经济发展的成果,是一项共商、共建、共享的战略设计。截至目前,已经有100 多个国家和国际组织参加到"一带一路"建设中来,纷纷将本国的发展计划与"一带一路"建设计划对接。

安徽文艺出版社策划出版的《神奇的丝路民间故事》丛书正是在这种形势下应运而生。它的问世是落实"一带一路"倡议的需求,是我国与"一带一路"沿线国家人民实现民心相通的需求。它的出版,必将有助于我国与"一带一路"沿线国家人民加深了解、增强互信。

《神奇的丝路民间故事》丛书包括丝路沿线的俄罗斯、匈牙利、印度尼西亚、泰国、缅甸、越南、柬埔寨、老挝、菲律宾、马来西亚、伊朗、巴基斯坦等国家的民间故事。这些国家的民间故事情节动人,形象逼真,寓意深刻,有益于青少年的成长。

青少年是国家的未来,是祖国的希望,是建设国家的栋梁,肩负着实现中国梦的重任,任重而道远,只有多读书,读好书,增加知识,增长才干,才能不负众望,才能不辱使命,为实现中华民族伟大复兴的中国梦而贡献力量。

安徽文艺出版社编辑出版的《神奇的丝路民间故事》丛书恰逢其时,值得青少年朋友一读。

姜永仁

于北京大学博雅德园寓所

2017 年 10 月

前　　言

　　老挝又名寮国,全称为老挝人民民主共和国。首都万象,又名永珍。老挝地处中南半岛北部,四周分别与越南、柬埔寨、泰国、缅甸和中国交界,是东南亚唯一的内陆国。

　　老挝和中国是山水相连的友好邻邦,两国人民有着深厚的友谊。自古以来,在长达 500 多公里的边界线上,从未发生过战争,始终保持了和平安宁的状态。早在公元 227 年,当时称为堂明国的老挝遣使访问中国东吴朝廷,这是中老两国首次正式官方往来;到了唐代,当时称为文单国的老挝数次向唐朝遣使;14 世纪后,两国交往出现新的高潮。到了近现代,两国关系更加密切,现已提升为全面战略合作伙伴关系。

　　老挝虽然幅员较小,但美丽富饶。在长期的历史发展过程中,老挝人民创造了独特的丰富多彩的民族文化。

　　老挝民间故事题材广泛,内容丰富,它以朴素的语言,生动地描绘了色彩斑斓的老挝古代社会,反映了老挝人民的思想情感。

千百年来，这些民间故事在老挝各地长期流传，为人们喜闻乐见。

本书翻译的民间故事是从大量的老挝民间故事中精选出来的具有代表性的作品，大致可分为神话传说故事、生活习俗故事、幽默讽刺故事和动物寓言故事。这些民间故事有以下几个鲜明的特点：

一、生动地反映了老挝自然地理环境和老挝人民勤劳勇敢的精神。

二、深刻地体现了因果报应的佛教思想。

在老挝民间故事中，有的歌颂乐善好施、勤劳致富、敬老爱幼的优秀品质，有的赞美纯洁真诚的爱情，有的颂扬人们与邪恶势力做不屈斗争的精神，表达了人们鲜明的爱憎情怀和追求幸福生活的美好愿望。

三、表现了惩恶扬善、抑强扶弱的正义感。

动物寓言故事是老挝民间故事中较为精彩的一部分，它内容丰富，种类繁多，常常用拟人化的手法，编成一个个生动有趣的故事，闪耀着智慧的光芒，具有明显的教育意义。

总之，老挝民间故事绚丽多彩，古朴生动，寓意深刻，可读性强，具有积极正面的作用，读者可以从中深入了解老挝历史、社会、民族、宗教、民俗以及老挝人民的思想内涵、价值观念等多方面情况，从而增长知识，开阔视野，得到启迪。

本书中选用了罗长山司志翻译的几篇民间故事，在此向他表示感谢。

目　录

老挝民族的祖先

从前,地上的人类受天上的神仙管辖,人类无论做什么事,都必须先请示天上的神仙。后来,由于人类埋头于耕田种地,满足于自给自足的生活,忘记了再向天神请示汇报。天神为此怀恨在心,盛怒之下,便施行法术,一连下了三年三个月又三天的大雨。于是大地上洪水滔滔,一片汪洋,人类都被淹死,只剩下居住在高山顶上的一户人家。当大水正要淹没这户人家的时候,有一个大葫芦随水漂来,这家的夫妻俩立即抓住了那个葫芦,然后凿开一个口,把自己的一个女儿和一个儿子以及一些食物放进葫芦里,再把葫芦口盖上,任其随水漂流。不一会儿,夫妻两人就被洪水吞没。

当雨停水退后,大葫芦搁浅在地面上,姐弟二人安然无恙。他们从葫芦口钻出,抬头四望,举目无亲,只见一片被洪水淹没的残败痕迹,高高的大树只剩下光秃秃的树干和树枝。姐弟俩十分悲伤,抱头痛哭。

正在这时,一只鹧鸪鸟飞来,对他们高声喊道:"快走,快走呀,找你们的父母去!"

姐弟俩一听,又惊又喜,便决定分头往南北两个方向去寻找父母。他们走了很长的路,爬过许多座山,也不见一个人影,只好返回原地。他们又分头往东西两个不同的方向继续寻找,但仍毫无收获,只好又无可奈何地回到原地。

这时,那只鹧鸪鸟又飞来对他们喊道:"你们姐弟两人应结为夫妻。"

姐弟俩听了十分生气,捡起地上的石子朝鹧鸪鸟扔去,石子正好击中,鹧鸪鸟立即死去。他们准备把那只鹧鸪鸟烧着吃的时候,发现它的嗉子里装满了稻谷,姐姐就把这些稻谷当作种子,耕种水田。

这姐弟俩生活了很长一段时间,仍不见有任何人来到这里,于是他们决定结为夫妻。不久,妻子怀孕了,过了三年三个月又三天,生出一个奇怪的葫芦。又过了三个月,忽然听到葫芦里面有人的声音。他们感到十分惊奇,就用铁钎往葫芦上扎开一个口,不料从里面不断走出一大群人来,乱哄哄地挤在一起。他们两人立即把这些人按照出来的先后顺序分成三部分。第一批出来的称为哥哥姐姐,第二批出来的称为二弟二妹,最后出来的称为小弟小妹。当夫妻俩年迈临终前,把孩子们叫到跟前,把留下的三份遗产分给他们。第一批出来的人分得一些现成的衣服,第二批出来的人分得木制织布机,第三批出来的人分得一些鸡鸭猪羊。

这三批人就是现在老挝三大民族的祖先。第一批人是现在老听族的祖先,直到现在他们那儿的妇女仍不会织布;第二批人是老龙族的祖先,他们那儿的妇女个个能纺会织;第三批人就是老松族的祖先,如今他们人人都是善于饲养鸡鸭猪羊等家禽家畜的能手。

布纽祖先的故事

有一天,耶纽老太太独自一人坐在地上,默默地遥望着远方的一座大山。正当她聚精会神地看得发呆的时候,她的儿子突然从她背后走过来,急切地问他的母亲:"母亲呀,我的父亲呢? 他在哪儿? 为什么别人都说我是没有父亲的孩子? 母亲,快告诉我吧!"

耶纽听到儿子的问话,心中一阵痛楚,她疼爱地望着孩子的脸,然后摇摇头说:"孩子呀,你的父亲就在那边。"她一边说,一边用手指着远方的那座大山。

儿子顺着母亲手指的方向望去,奇怪地问道:"啊,我的父亲就是那座大山?!"

耶纽老太太缓缓地点点头,满腔悲愤地讲述了多年积压在心头的往事:"孩子,你的父亲名叫布纽,他和我原来都不是凡人,是天上神仙的后代,神仙派我们下凡到世上管理人类。那时人类满身长毛,没有衣穿,露宿野外,没有房住,生活在一片黑暗寒冷的世界里。太阳很久才出来一次,当太阳出来时,地上一片光明温暖,树木花草生长繁茂,飞禽走兽生机勃勃。可是当太阳落下去后,大地又恢复成漆黑一团,寒冷无比,树木花草纷纷枯萎凋落,飞禽走兽也被冻死饿死,人类经受着生活的煎熬。人们成群结队地寻找太阳,追求光明。他们找啊找啊,却经不住饥饿和劳累,在半路上不断倒下死去,一个也没有到达有太阳的地方。你的父亲见到这样的惨状,对人类充满了同情心,决心要帮助人类摆脱苦难。于是他长途跋涉,来到一座远在天边的高山。在那里,他看到有响声隆隆的瀑布,浓密的云雾笼罩着高高的山峰;在那里,寒气袭人,冷风刺骨。

"在云雾缭绕的高山顶上,长着一棵巨大的神树,树上结满了红红的果子。你的父亲爬上树,摘下好几个果子吃了,他立即感到浑身是劲,力大无穷。于是他走遍各地,帮助人类与寒冷和妖魔鬼怪做斗争,但人类仍然没有摆脱苦难。他感到十分忧伤,但他立志要千方百计为人类谋幸福。他不顾天帝的禁令,毅然飞上天庭,寻找太阳。在天空中,他看到一个光芒四射的巨大火球,便勇敢地靠近,然后挖下一团烈火,带着它迅速飞回大地。他把这团烈火塞进大地的中心,烈火便向四周蔓延,使得大地变得温暖起来。从此大地恢复了生机,到处是一片欢声笑语,人人都歌颂你的父亲。

"后来,天神透过云层,往大地望去,看到在一片辽阔的森林中盛开着五颜六色的鲜花,人类像蚂蚁那样在忙碌地耕田种地,建设着自己的家园。天神立即得知,这是你的父亲偷了天火带回人间的结果,便怒火中烧,马上召他回到天庭,给予惩罚。天神把一团烈火塞进他的肚中,顷刻间烈火把你的父亲烧死。后来,他的尸体变成了一座巨大的火山。

"虽然你的父亲去世了,但他仍然惦记着受寒冷威胁的人类。人们铭记着他的恩德,不断地呼唤着他的名字,但他再也不会回来了。自从你的父亲去世以后,为了躲避天神的惩罚,我们母子俩悄悄地逃进了深山老林。现在你已长大成人了,你要以父亲为榜样,继续帮助人类脱离苦难,使他们过上幸福的生活。"

儿子听了母亲的话,对父亲十分钦佩,表示一定要继承父亲的遗志,完成父亲未竟的事业,为人类谋求幸福。

英雄陶朗贡

从前,有一对贫苦的夫妻,结婚多年一直没有孩子。后来,妻子怀了孕,可十分奇怪的是,她一直怀胎三年,才生下孩子。孩子一落地,就像成人一样会走路、吃饭、说话,力大过人。夫妻俩十分惊奇和高兴,就给他取名为"陶朗贡"。

一天,陶朗贡的父亲外出到山坡上种地,陶朗贡就问他的母亲:"妈妈,我刚生下来时,爸爸妈妈给我吃米饭,可现在,为什么老让我吃芋头、木薯?"

母亲听了噙着眼泪,伤心地对陶朗贡说:"孩子,我们家和其他人家一样,都在闹饥荒,因为没有水田耕种,到处都是山地石头,我们只好上山种坡地。要知道种坡地全靠老天爷,哪年年景好,没有野兽糟蹋,还能收到一点粮食。要是哪年天旱不下雨,又有野兽破坏,那就颗粒不收,只能以芋头和木薯充饥。今年我家坡地上长的庄稼全被野兽糟蹋光了,就连芋头、木薯也都快吃完了。"

陶朗贡仔细地听着母亲的话,不解地问:"妈妈,那为什么我们不开垦坡地把它变成水田呢?"

妈妈叹着气说:"我们又不是神仙,哪有那么大的力气把这一大片高坡山地变成水田呀!"

陶朗贡决定外出了解情况。他来到山区,看见挨饿的人们个个面黄肌瘦,他们以草根、树皮、野菜充饥,许多妇女儿童和老人倒毙在地。看着这惨不忍睹的凄凉景象,陶朗贡立志要改变这种状况。他沿着湄公河畔察看地形,用他生来就有的无比巨大的力气,从山上搬来一块巨石,投入老挝南部的湄公河中,巨石立即挡住了水流,给湄公河沿岸带来了许多肥沃的淤泥。没过多久,一大片荒凉的山地变成了千顷良田。直到现在,老挝南部湄公河中的那块巨石还被人们称为"里匹"大礁石。

陶朗贡不顾劳累和安危,在老挝南部和中部地区,用他那力大无比的双脚,踏平了许多高山峻岭,使之变成一马平川,然后分给农民耕种,使人们丰衣足食。这些平原直到现在一直是老挝最著名的粮仓。

在陶朗贡决心把老挝北部贫瘠的山地变成平原的开始时期,遭到了守护老挝北部山区的魔王的激烈反抗,最后,陶朗贡不幸中计被谋杀身亡,他的遗愿没有得到实现。所以,老挝北部桑怒、丰沙里、琅勃拉邦等地区仍是一片崇山峻岭。

尽管这样,千百年来,老挝人民一直怀念这位给他们带来幸福的英雄,每年到了稻谷金黄的收割季节,家家户户都把新收获的稻米做成糕饼等食物撒在土地上,以祭祀他们所崇敬的陶朗贡。

泪水河的传说

从前,有兄弟俩,哥哥叫陶桑基,弟弟叫帕里占。哥哥已结婚,弟弟还未成家,和哥哥住在一起。他们俩居住在蓬玛加里国,这个国家繁荣昌盛,百姓安居乐业。

蓬玛加里国有一片茂密的森林,林中有许多珍禽异兽,还有许多野牛。有一头名叫西纳霍的公牛首领是这群野牛中唯一的公牛。母牛们生下的要是小公牛,西纳霍就立即把它杀死,要是小母牛,西纳霍就让它活下来。由于西纳霍公牛十分凶狠残暴,母牛们非常害怕。

有一头母牛怀孕后,躲到山洞里去生小牛,它生下的是一头小公牛,取名为托拉皮。母牛对托拉皮十分疼爱,每天在山洞外吃饱青草后回到山洞为小牛喂奶。托拉皮逐渐长大,要求母亲让它出去看看洞外的世界。母亲如实告诉它说:"要是走出山洞,你父亲马上会把你杀死,你父亲很残暴,容不得有第二头公牛。"托拉皮听后对母亲说道:"我什么时候才能到外面去,我想见见父亲,和他比试比试。"母亲告诉它："你还年幼,本领还没有学到,等到你的脚印和你父亲的脚印一样大时,你才能出山洞。"

托拉皮听了母亲的话,每天在山洞中练习武艺,等到它的脚印和它父亲的脚印一样大时,母亲才同意让它出山洞。托拉皮兴高采烈地走出山洞,看到一派美丽的风光,感到心旷神怡。它昂首阔步地走来走去,显得十分高傲。这时,它的父亲西纳霍发现这头公牛出现在面前,怒火中烧,不由分说向托拉皮猛冲过去,于是父子之间一场激烈的角斗开始了。只见地上的青草被践踏得稀烂,周围的树木也纷纷折断倒下。经过一段时间的较量,西纳霍终于精疲力竭,败下阵来。托拉皮却紧追不舍,用尖角刺进了西纳霍的心脏,西纳霍当即毙命。托拉皮把西纳霍刺死后,自以为打遍天下无敌手,便得意忘形,恃强凌弱,到处滋事挑衅,伤害人畜,扰得蓬玛加里国国民不得安宁。

陶桑基和帕里占兄弟俩看到这头野牛胡作非为,决定把它杀掉为民除害。陶桑基自告奋勇独自一人进入山洞要把这头野牛杀死,并让弟弟帕里占等在洞外,用石块把洞口堵住。他告诉弟弟："你如果看见从洞口流出来的是浓稠的血,说明这是牛血,野牛被我杀死了,请你把石块挪开,让我出来;如果看见从洞口流出来的是清亮的血,说明是人血,我被野牛顶死了,你就不必搬开石头,让这野牛永远关在山洞里,让它饿死。"陶桑基说完,便拿着尖刀毅然走进山洞,立即和托拉皮这头野牛展开殊死的搏斗。陶桑基智勇双全,经过几个回合后,终于把野牛的头砍下。

这时,洞外忽然下起雨来,从洞中流出来的浓稠的牛血混着雨水变得稀释清亮了。帕里占一看误认为是人血,以为哥哥被野牛顶死了,心里十分悲痛。他含着眼泪又找来一些石块把洞口堵得严严实实,要让野牛永远关在洞中。回到家中,他把哥哥不幸被牛顶死的消息告诉了嫂子。嫂子听后很伤心。随后,帕里占就娶了嫂子为妻。

陶桑基杀死了野牛后,就被关在山洞,他想尽一切办法也打不开洞口。他精疲力竭昏睡过去。他做了一个梦,梦见观音菩萨告诉他:"请把砍下的牛头抛在堵塞洞口的石块旁,洞就会打开。"第二天清早,陶桑基醒过来,按照梦中观音菩萨说的话去做,洞口果然打开了。他欣喜万分,立即跑出洞口,回到家中。当他得知弟弟帕里占已娶了自己的妻子,十分恼怒,决定把弟弟驱逐出去。

帕里占被赶走后,坐在一个小山坡上,夜以继日地痛哭着,以致他的眼泪流成了一条小河。后来,人们便把这条河叫作泪水河,把托拉皮住的那个山洞叫作野牛洞。蓬玛加里国就是现在的甘蒙省容马拉。

忠勇的赛比

古时候,汴祯京城人口稠密,富商云集,成千上万的谷仓的影子倒映在环抱京城的江水之中。巍峨雄伟的楼台亭阁和寺庙,镶金嵌玉,金碧辉煌。

统治汴祯京城的是帕牙·古刹喇,他是一位深得群臣和人民爱戴的国王。古刹喇十分仰慕佛道,每隔八天,就吃一回斋素和盘坐着思考佛家的十条教诫。世上一切财富,古刹喇都不向往,却只渴望得到一个王子好继承自己的王位。皇族里只剩下古刹喇唯一的妹妹娜安·苏孟塔公主,因此古刹喇十分疼爱自己的妹妹,像珍惜和保护自己的眼睛一样照料着她。他把全部国土和金库分成两半,一半封给妹妹,让她统治和受禄。

汴祯京城的生活十分富足、太平和欢乐。人民安居乐业,互敬互爱,处处歌舞升平。每天清晨,群臣们在商船来往络绎不绝的繁忙景象中商讨国事;傍晚,寺院的钟声在迷茫的夕照中悠扬地传遍全城,像是在提醒佛子们诵经念佛的时分到了。

在遥远的地方,有一个魔鬼,他叫奕·贡樊。他懂得许多神奇的法术。他唯一害怕的只有雷牙·委苏温天神。或许是太孤苦的缘故,他朝朝暮暮长吁短叹,渴望能有一位心爱的人抚慰他那颗不平静的心。于是贡樊去请求委苏温天神告诉自己姻缘的道路。

"你的姻缘吗?"委苏温天神说,"根据劫数,你的百年伴侣是苏孟塔,汴祯京城的公主。可是我劝你不该只想到苏孟塔公主,如果你要娶她,双方频繁的残酷的交战就会发生。因为你是魔鬼,而她是人。"

贡樊感到十分苦闷,闷声不响地坐了一阵,便告辞而归。打从那时候起,贡樊日夜总是思念着那位自己从未见面的百年伴侣。有一天,他无法抑制住心中的爱火,变成一只大鹏,向汴祯京城飞去。

往日,苏孟塔公主总是深居在汴祯京城的宫室里。那天,她突然想到御花园散散心,便向哥哥古刹喇悄悄地请求:"哥哥,请允许我到御花园玩一趟,采一点花。我只去一会儿就回来。"

起初,古刹喇还有些犹豫,但看见妹妹再三苦苦哀求,他只好让侍卫跟随苏孟塔一起去,以保护她。

贡樊正躲在御花园中,见苏孟塔在一大群侍卫的簇拥下前来,心里有些发慌,但是他很快就冷静下来,仔细地注视着苏孟塔。"天啊,世上真没有比她更美丽的少女了。她的脸庞像出水的白莲花,她的柔嫩肌肤像皎洁的圆月,她的娇艳风姿和轻盈步履多像美丽的麋鹿。"贡樊被苏孟塔的美貌吸引得疯狂了,他猛地跳了出来,将苏孟塔一把搂住,腾空飞走。苏孟塔惊吓不已,她又是挣扎又是哭号。

贡樊一时也不知如何是好,只有劝慰道:"美人啊,天命已定,你要同我共结百年夫妻之缘。多少个日夜,我曾把你苦苦思恋,誓要终生终世永远爱你。我发誓对你百依百顺,让你不因为想念汴祯京城,思念古刹喇哥哥和同伴们而变得憔悴枯黄。你不该害怕,我心地善良,我将不让你痛哭,你别哭泣,同我归去吧,你必将是一片辽阔疆土的至高无上的主宰者。"

贡樊的温柔和在理的话语打动了苏孟塔的心。她终于平静下来了,心想:好吧,我只好忍耐着,哥哥一定会派兵遣将来营救我的。

当魔鬼贡樊把苏孟塔公主从御花园中劫走后,宫妃和侍卫都感到震惊,立即拥入朝中向古刹喇禀告。

可怜的国王,当听到自己唯一的妹妹苏孟塔公主遇难时,痛不欲生,昏倒在地。苏醒后,他夜不思眠,日不思食。一天,古刹喇召集群臣和百姓前来,把王位传给了王后,自己却削发为僧,踏上了寻觅心爱的妹妹的险途。

整整三个月后,古刹喇跋山涉水,穿越森林,来到了一座寺庙。他长跪在一位老僧人面前。

"你有何事来到这寺庙?"老僧人和气地问道。

"师父，几个月前，有一个魔鬼劫走了我唯一的亲爱的妹妹。我万分痛苦，像一个失去灵魂的人。我求求师父你，给我指引前去魔窟的路，好让我把妹妹救出来。"

"这一切我早就想到了。"老僧人答道，"贡樊已劫走苏孟塔公主，但你不必去追赶他，因为魔鬼不像凡人那样住在汴祯京城。何况从这里到他那里又隔着一条水深浪急、岸高坡险的大江。通向魔鬼地域的路障碍重重，本领非凡的人也无望越过。我劝你还是不要再想这事了吧。"

听了老僧人的一番劝说，古刹喇的痛苦似乎减轻了一些。他打算从这时起，心甘情愿过一辈子修行者的贫困生涯。从此，天蒙蒙亮，他便艰辛跋涉；夜幕降临，他便念经拜佛。

一天，古刹喇路过一个叫巴真·塔甘村的时候，在一个富有人家的门前突然停下了脚步，他发现那人家里有七个美貌的少女，不觉一切烦恼全部消失，一股娶妻生子的欲望又涌上心头。他一心渴望能娶这七个少女为妻。而七个少女，面对眉目俊秀、风度翩翩的古刹喇，也禁不住春心荡漾，都渴望能做他的妻子。

于是古刹喇回到寺院，恭敬地跪在佛像前，虔诚地祈祷："尊敬的佛爷，我渴望能娶这七位少女为妻，望佛爷保佑，望玉帝用神奇的法术成全我的意愿。"

祈祷完毕，古刹喇来到井边喝水。奇怪的是，在涟漪轻泛的井底，七个少女娇艳的身影正在向他微笑。古刹喇立即悟出，这是玉帝和众神要成全他。他马上跑进佛寺，请求老僧人允许自己脱下黄袈裟还俗，重新过上国王的生活。老僧人满足了他的请求。

一回到朝里，古刹喇立即召集群臣和百姓，详尽叙述了幸会七个少女的经过。然后说道："亲爱的文武百官们、良民们，你们是我最亲爱的人。你们得为我到巴真·塔甘村把那七个美丽的少女接来。黄袈裟我已脱下，因为我渴望能接她们回来做王后。日后要是生下王子，那王子正是为我去营救我妹妹苏孟塔公主的人。"

古刹喇的话刚说完，群臣和百姓一个个都愿为他效劳，去巴真·塔甘村接回七个少女。

古刹喇和七个美丽的少女结合之后，便把自己的愿望告诉了她们，他渴望她们早日生下德才出众、智勇非凡的王子，好让王子从魔鬼贡樊手中把苏孟塔公主营救回来。于是七个少女约定一起去找一位法师问卜："师父，我们七姐妹都在侍候古刹喇国王，希望你能告知我们之中，谁将有福气生下一位德才拔萃的王子，他可以去营救苏孟塔公主。"

法师把两眼合成一道缝，合手祈祷一阵，然后说道："最小的那位少女娜安·巴图玛将同时生下三位王子，可只有第一位王子是人，而第二位王子将是螺，第三位王子将是象。这三位王子，都比六个姐姐生下的王子力大无穷、聪明过人、才德出众。"

听法师这么一说，六个姐姐顿时气得狂叫起来："为什么我们就不能生下才德出众的王子呢？……"

　　然后她们六人一起相约到寺庙向玉帝祈祷,并许愿将供奉许多供品。消息传出,国王古刹喇立即召见老法师,问道:"你所说的敢担保不错吗? 当真巴图玛将会生下一位才德卓越的王子吗?"

　　老法师早已被六个姐姐买通了,便改变自己先前的预言:"启禀国王,先前我说的那些话都不灵验。现在在朝廷广众之中,请让我把话如实道出:六个姐姐生下的将全是贵子,至于巴图玛将生下一位王子、一只螺和一头象。启禀国王,巴图玛将是给社稷带来祸患的根源。什么时候她生下王子、螺和象,国王你要把他们母子四人一齐驱逐出这块疆土,百姓才有望免遭一场天大的灾难。"

　　事后不久,正如老法师所预言的那样,六个姐姐生下了王子。巴图玛也生下一个王子,这王子刚一脱胎便手执弓箭。与此同时,她还生下一只螺和一头象。巴图玛给王子取了个名字叫赛比,给螺取名叫桑通,给象取名叫西何。

　　古刹喇看见老法师的预言全部说对了,于是传令把赛比母子们一齐赶出汴祯京城。

　　巴图玛不知道如何去争辩,泪如泉涌,只好带着三个儿子出走。从此,赛比母子们夜里睡在星光月影之下,清晨,在一片鸟语猿啸声中醒来,过着靠百鸟吃剩的花果充饥的流浪生活。有一天,巴图玛身已疲,力已竭,完全失去了获救的希望,她仰对苍天,跪下祈祷。玉帝在天庭俯视,见此情景深受感动,立即用法术在森林里建起了一座巍峨美丽的楼阁,并备足母子四人所需的各种各样的生活用品。

几年过去了，赛比三兄弟渐渐长大了，赛比也变得聪明懂事多了。到了九岁，赛比已才能出众，武艺超群。一天，赛比叫母亲把弓箭给自己，尽管那时他年纪还小，但一拉弓，箭一发，那箭便发出雷鸣般的巨响，然后落在万鸟之王的番牙·仙法利面前。察看这飞来之物，仙法利发现是赛比射来的神箭，便马上集合林中百鸟，商量如何让赛比能过上愉快的日子。从此，百鸟不停地绕着赛比的楼阁唧啾鸣叫，使赛比一家时刻充满欢乐。就这样，赛比母子四人的愉快生活在百鸟欢乐的鸣唱声中，一天又一天平静地度过。

与之相反，这时候，古刹喇国王却没有一时感受欢慰，尽管有六位王后早晚陪伴在他的身边，因为他无时无刻不在想念自己的妹妹苏孟塔公主。一天，古刹喇传令六个王子前来，交给一人一匹马，并吩咐说："十年前，你们的姑姑苏孟塔公主在游览御花园时，被一个化作恶鸟的魔鬼劫走了。现在，你们六兄弟已长大成人，你们得一道上路，去给我营救你们的姑姑。"

六个王子异口同声地答道："我们会毫不犹豫地去寻找姑姑，可我们是人，人又怎么能战胜恶魔呢？"

"要想战胜恶魔，"古刹喇说，"不能用武器，要用神符。你们得周游天下，学会驱魔除妖的灵验法术，这样就会有足够的本领对付恶魔，把你们的姑姑营救回来。"

六个王子遵旨上马离宫，但内心充满了彷徨和恐惧。

那时候,有一位善射的猎人,每天都在森林里狩猎麋鹿虎豹。一天,他因为专心追捕猎物,竟迷失了方向,无人问路,只好一直往前走。他来到了巴图玛那幢巍峨的楼阁面前,遇上了赛比,连忙合手问道:"请你指引一下到汴祯京城的去路。"

"你只要跟着螺爬的印痕走,就一定会到那里。"

猎人跟赛比攀谈一阵后,照着赛比的吩咐,沿着螺爬行的印痕一直走去。来到一个岔路口,他遇上了六个流浪的王子,王子们一个个满面愁容。

"请问大人从哪来?"一个王子问。

"鄙人是从印佛国来的。"

"印佛国在哪?谁在那里当国王?"

"印佛国国王是赛比,是过去那位巴图玛的儿子,也正是你们各位王子的弟弟。巴图玛被古刹喇国王赶走至今已有九个年头了,如今她正在印佛一片广袤的森林里,同三个儿子过着非常愉快的生活。那里有一座四季都有飞禽走兽陪伴着的巍峨美丽的楼阁,看上去活像蓬莱仙境,不像深山里的穷乡僻壤。"

"那我们想前去看望一下弟弟,可以吗?"

"这并不难。你们只管跟着螺爬行的印痕去寻找,就可以到达那里的。"

于是六个王子暂时回宫,把事情的首尾告诉了自己的母亲。她们立即做了一只大饼,把毒药拌在馅里面,然后叫六个王子把大饼送给巴图玛母子。

六个王子来到巴图玛母子的住地,把表面制作十分精巧的大饼作为见面礼送给了赛比。巴图玛马上吩咐赛比说,是京城里捎来的就别吃,只能收下,把它藏起来。

得知杀害巴图玛母子的阴谋不遂,六个狠毒的女人害怕有朝一日赛比会回去争夺王位,便连忙奏请国王古刹喇赶快宣布把王位传给他们的儿子。但是古刹喇想先试试这六个王子有多大的本领。他传令要他们进入森林把虎擒回宫里。他们的母亲随即请来善射的猎人,并请教该怎么办好。猎人思索了一阵,然后说,只有进入森林去请求赛比代为擒虎,因为现在森林里的所有野兽都出没和栖息在巴图玛宫殿的周围。

照着猎人的话,六个王子进入森林去找赛比。赛比一见,便笑脸相迎,然后赠送一只虎让他们带回宫去。古刹喇看见王子们果真擒获了老虎,认定他们已有足够的才智对付魔鬼,脸上流露出喜悦的神情,像与日夜思念的妹妹相逢似的,连忙传旨:"好吧,孩子们,你们得赶快上路,去消灭恶魔,为父亲把你们的姑姑救回来。"

六个王子又不声不响地一道上路。他们已从六个天真烂漫的孩子长成了六个阴险狡猾的家伙。他们一道去找赛比并编造了一套假话说:"父王非常高兴地看到我们七兄弟相亲相爱。他传旨要你同我们一道去把姑姑营救回来。"

赛比从不知道奸猾诈骗这类事,听他们这么一说,他马上跪在母亲面前："亲爱的妈妈，父王古刹喇传旨要我同其他六个兄弟一道齐心合力去消灭恶魔，把姑姑营救回来。妈妈，你说我该怎么办？"

"孩子，妈妈怎能忘记你父亲这般残酷无情地虐待我们母子！正是你父亲下令把我们母子赶出汴祯京城，我们才不得不居住在这深山密林里，你知道吗？"

"妈妈！"赛比答道，"不管怎样，为儿的总不该违抗自己父亲的嘱托吧。请你把往事忘掉吧，请允许我去找姑姑回来。"

面对孝顺、懂事的儿子的苦苦哀求，巴图玛噙着眼泪，为自己漂泊的命运而悲叹。最后，她只得叫赛比和桑通、西何一道同行，好相互帮助。

九兄弟一齐上路，不几天他们就来到一条宽阔大江的岸边。一条巨蟒把尾巴挂在云端，头紧贴着江面，正张大口连连喷吐着熊熊的烈焰，那场面十分惊恐骇人。六个王子面如土色，浑身发抖地对赛比说："算了吧，再大的本事也无法渡江了。我们还是赶快回去吧。"

"你们别管我。"赛比边说边弯弓，对准巨蟒的脑袋射去。巨蟒猛然跃到浅处，然后化作七个头的巨蟒，连连喷射出更强烈的火焰。顿时烟火布满江面。赛比又向巨蟒的背脊射了一箭，箭中巨蟒身断，但是它仍在继续挣扎。赛比飞跑过去，一脚将它踏得稀巴烂。

战斗结束了，九兄弟又继续登程。路途越走越艰难，气候一天比一天更恶劣。走了几天，他们来到一个大海的岸边，眼前横着一片汪洋大海，没有边际，风急浪高。六个王子惊慌失措，魂不附体，又嚷着要赛比赶快回头。

"你们不该这样。"赛比劝道，"既然是古刹喇国王的儿子，那就任何时候也不该中途放弃自己的使命。如果你们不想继续前去，就请你们在这里等着我。"

"我们就在这里等着你，但你要让西何留下陪我们。"

赛比只好让西何留下保护六个哥哥，然后骑上桑通的背，飘飘然地越过大海。

到达大海那边，满眼尽是古老的森林，恶禽猛兽在山洞和深渊里发出阵阵可怕的长嚎。赛比紧紧跟着桑通爬行的印痕摸索走去，脑子里时刻浮现着正在过着孤单生活的可怜的母亲。

白天，太阳的光辉仿佛向高耸的山峰散满了金子银子；晚上，山地里的昆虫在断断续续地哀鸣。夜空的星星时隐时现，花草散发出浓郁的芳香，像母亲的乳汁一样甜美。

赛比和桑通涉过一道道溪水，越过一条条隘道，爬过一座座高山，路途是那么迢迢莫测。他们走了一天又一天，依旧看不到哪里是尽头。兄弟俩还得越过七个大海，而且一个比一个更宽广辽阔。一路上，危险艰难与日俱增。

越过第二个大海后，他们战胜了一群走起路来脚印又深又大的犀牛。刚越过第三个大海,赛比兄弟俩遭到了四个魔鬼的袭击。魔鬼们企图把赛比和桑通撕成碎片,因为他们早就渴望能吃到人肉,可是最后都被赛比兄弟俩降服了。

赛比兄弟俩继续赶路,越过第四个大海后,一个叫娅·克妮的女魔摇身一变,成了一个美丽的少女,挡在路上。她挤眉弄眼地挑逗赛比,企图捉赛比去做她的丈夫。可是,因为她无法隐藏自己那双凶恶的鬼眼而终于暴露,立即被赛比当场杀死。

越过第五个大海后,赛比战胜了一个半人半妖叫凡崖·汤的魔鬼。越过第六个大海后,兄弟俩刚摆脱了一个老女妖的纠缠,又遇上了五百个女妖化成的一大群美女,被她们引诱蛊惑,赛比昏昏迷迷地过了一旬。后来,赛比及时醒悟过来,越过了最后一个大海,和桑通一道进入了贡樊魔鬼的京城。

那天夜里,赛比和桑通偷偷潜入贡樊的城郭,躲在楼台外,只听见贡樊正在同苏孟塔公主说话。

"明天,"贡樊说,"我要一早进森林里找肉吃。"

听贡樊这么一说,赛比高兴极了,他整夜合不上眼睛,老是躺着琢磨怎样营救姑姑,盼着天快些亮。

第二天,东边刚刚露出鱼肚白,贡樊便离家外出。赛比见了,及时摸到了城楼边,但城门又大又重,赛比无法打开,只好呼喊苏孟塔姑姑出来开门。

发现有生人,苏孟塔站在楼台上向下回话:"你不知道这是贡樊的城郭吗？从来就没人敢靠近这里。"

看见赛比仍然用力摇撼着城门，苏孟塔想："可能是一位什么神来串门吧，我且去开门看看。"可是，再想一想，她又有点犹豫了，依然站着往下瞧。

摇门门不动，喊门门不开，赛比便拉弓向城门射了一支神箭，城门顿时崩裂成一块块碎片。苏孟塔恐慌地匆匆跑下楼台，仔细打量这位不速之客，只见赛比昂首挺立在城楼中间。惊惶稍定，苏孟塔壮胆问道："你是谁？来这有何事？"

"姑姑，我就是你的侄儿赛比啊！是汴祯京城古刹喇国王的儿子。十个年头了，我父亲时刻都在想念着你，所以派我来接你回去。"

苏孟塔跑过去，紧紧地把赛比搂在怀里，痛哭流涕。她慌乱地询问着可怜的哥哥的消息和久别的京城的情况。问完这事又问那事，什么事情她都想问，都想知道。但是，一想起丈夫，她惊慌地催促赛比："赛比，我亲爱的侄儿，你赶快躲起来，因为晌午你姑丈回来发现你，就会把你吃掉。"

"亲爱的姑姑，我有足够的本领对付他的。"

"你怎么会有足够的本领、高超的法术对抗你姑丈呢？他的本领和体力像印婆罗神一样。你表演一下本领让姑姑看看。赛比啊，姑姑怕姑丈会把你杀死，砍你的颈，吃你的肉。"

赛比立即挺身站立着，张弓向天空射了一支神箭。飞箭发出像雷鸣震耳的响声。可是苏孟塔仍不相信赛比的本领，怕丈夫回来会把侄儿杀死，还是要赛比躲进楼台上一只大花瓶里。

赛比的神箭在空中飞掠，激起了一阵狂风，正在森林里狩猎的贡樊突然感到呼吸困难，脑袋昏迷，眼睛发黑，便慌忙赶回家。到了城门，贡樊大声喊道："亲爱的，我已经回来啦，快快扶我进去。"

苏孟塔又惊又喜地跑出去扶着丈夫走进楼台中央一间屋子里。贡樊像闻到了一股什么气味，忙问道："喂，亲爱的，今天好像有什么生人到过这里，是吗？我闻到一股人肉的腥味。一定有人来见你。"

"没、没有谁到过这里，我亲爱的。"

过了一阵子，贡樊就不知不觉地睡熟了。他的鼾声像隆隆的雷声。这时，赛比便从大花瓶里钻了出来，找到了桑通，说："现在，贡樊这魔鬼已经睡得像死了一样，我们得趁这时机接姑姑回去。"

于是兄弟俩赶忙走进苏孟塔的房里，催促说："姑姑，你赶快收拾一下，马上跟我们一道回去见你的哥哥、我们的父亲古刹喇国王。"

然而，经过十年的夫妻恩爱生活，又生下一个花容月貌名叫娜安·贞的女儿，苏孟塔哪能忍心离开丈夫，尽管他不是人。在生离死别、难分难舍的极度悲痛中，苏孟塔突然扑倒在丈夫的胸脯上，紧紧捏住他的手，拼命地摇呀、喊呀："亲爱的，醒来吧，你快快醒来吧！"

贡樊依然像死一样地睡着，一动也不动，因为他每次睡下，就得睡上三年才醒来。赛比便拉住姑姑的手，要她赶快离开。走了一段路，苏孟塔不忍离开丈夫，用力挣脱，并对赛比说："你让姑姑先回去一趟，姑姑还忘了一条裙子在房间里，你让姑姑回去拿。"

赛比只好顺从姑姑。回到楼房，苏孟塔又紧紧抱住贡樊，边摇边呼喊，但是贡樊依然打着雷鸣般的鼾声。这鼾声，曾几何时，在苏孟塔的心里，显得那样雄浑，又渐渐变得那样充满柔情，而今，却又这样绞人肺腑，充满哀怨。苏孟塔再也没有什么希望能把贡樊唤醒了。十年同衾共枕的丈夫的鼾声，如今竟成了离别的孤独的回响。苏孟塔的眼泪，像雨点般地落在贡樊的脸上。

赛比气极了，对姑姑说："姑姑啊，如果你老是这样犹豫不决，那我只好把你杀死，砍下你的头，带回给我的父亲，因为这样，比你同恶魔在一起会使父亲更感到高兴。"

苏孟塔只好站起来跟着赛比走。赛比和桑通把她藏到一个山洞里后，又回到贡樊的城楼。看见贡樊还在睡着，赛比当即拔剑斩断他的脑袋。可是，这个魔鬼立即又长出四个脑袋。一场激战展开了，双方激烈地拼杀着，武器碰撞着，发出了雷电爆炸的巨响，在远近的山林中回荡。最后，赛比一个人消灭了贡樊所有的兵将，并斩下了贡樊的脑袋。

掩埋了战死者的尸体，打扫了战场，赛比在贡樊的骨灰上面建起了一座高塔，接着举行了典礼，把统治这块疆域的权力移交给贡樊的哥哥哇克岳。

这时,苏孟塔提出要赛比兄弟下到水宫,营救同水王伦哇拉成亲的女儿娜安·贞。于是又一场恶战展开了,但水王又怎能敌得过曾经打败贡樊的人呢?

大捷之后,娜安·贞得救了,赛比兄弟俩马上同姑姑和妹妹一同踏上返回汴祯京城的归途。越过一个个大海后,他们同正在那里等待的六个王子和西何会合了。西何和桑通因为想念母亲,请求先返回家中。

在赛比去营救苏孟塔公主的日子里,六个王子已经共同商量好,要是让赛比救出姑姑回到京城,那他们将失去一切权力,于是他们已谋划好如何陷害赛比。

当大伙一道走近一个深渊,六个王子便假意邀赛比一同去摘花献给姑姑,然后趁其不备,把赛比推下深渊。事后,他们装出慌里慌张的样子,跑回来向姑姑和娜安·贞报信,说赛比迷了路,回不来了。

回到汴祯京城,阴险狡猾的六个王子赶忙跪在古刹喇面前:

"禀报父亲,我们六兄弟已经越过许多艰难险阻把姑姑救了回来,实现了父亲的心愿。"

古刹喇国王万分高兴,立即传令让妹妹苏孟塔公主入朝。见到已分离整整十个年头的亲爱的妹妹,古刹喇多想把全部的心事倾诉一番,可是看见苏孟塔痛苦忧伤,便追问这是什么缘故。

"哥哥啊！"苏孟塔说，"我之所以不愉快，那是因为自从侄儿赛比把我从贡樊手中救出以后，我就再也看不到他的面了。至于那六个王子，是我快要返回京城时才见面的。所以，你应该派人去把侄儿赛比给我找回来。"

"谁是你称作侄儿的赛比？我从来不知道谁是赛比。"

苏孟塔说道："哥哥啊！赛比正是你的亲生王子。刚一出世，你就把他们母子赶出宫门。赛比才是才华拔萃、智勇双全的王子。至于那六个王子，他们贪生怕死，不配当你的儿子。连一条小小的河，他们都不敢越过。你可传令他们前来让我问一问。"

古刹喇马上传令六个王子进朝，问道："你们可知道那位救出姑姑名叫赛比的人吗？"

"禀报父亲，我们六兄弟一道同去同回，共同经历了多少艰难险阻，好容易才把姑姑接回来，我们从没听说过谁是赛比啊！"

苏孟塔无法压抑住极度愤怒的心情，直指着六个王子，斥责道："没料到你们竟卑鄙到这种地步。是赛比和桑通深入到贡樊的疆土把我救出来，至于你们，一直快到京城我才碰上。正是你们邀赛比一道去摘花，然后回来说他在深山里迷了路，回不来了。"

听见妹妹苏孟塔这般说法，古刹喇马上派出官兵去找赛比。那位曾因迷路到过巴图玛楼阁的猎人立即下跪禀告："请皇上让我带路，因为先前我曾因迷路到过那里。"

就这样，寻找赛比的大队人马在猎人的带领下，浩浩荡荡地上了路。来到巴图玛的楼阁，看不见赛比的影子，猎手合手虔诚地问道："启禀娘娘，可知道赛比王子到哪儿去了？"

"自从他去寻找苏孟塔公主至今，一直杳无音信，也不见他归来。他的兄弟西何和桑通都说赛比已经跟苏孟塔公主回汴祯京城去了。大人你从京城到这，也没见到赛比吗？"

"启禀娘娘，在汴祯京城，没见到赛比。苏孟塔公主十分想念她的侄子赛比王子，才派我们来找他。"

听猎人这么说，西何和桑通便请求去找哥哥。西何在浅处找，桑通在水底找。大队人马又回到朝里向国王禀报："启禀国王，臣等已经到了印佛疆土，进了巴图玛的楼阁，可没遇上赛比。现在，他的两个弟弟西何和桑通正在分路寻找。"

印佛神自古以来一直在主管着人间的事。当看见六个王子把赛比推下深渊时，印佛立即用法术救了他，并把他接到一个鬼域去了。当桑通和西何找到这个鬼域时，就碰上了赛比。在兄弟欢聚的时刻，桑通对哥哥说："赛比哥，你准备马上跟我们回去吧，免得妈妈老盼着。自从我们回到家里，妈妈日夜都在为想念你而痛哭。但究竟你为什么迷路又迷到这里，请把事情的经过告诉我们吧。"

"那六个可恶的家伙，早就密谋暗算我。他们邀我一道去摘花给姑姑，等我走到深渊口边时，他们就把我推下去。要不是印佛神把我救了，那我们兄弟再没法相见了。"

西何和桑通听了，都气得哭了。一阵伤心过后，三兄弟一齐踏上了归途。

赛比终于回到了母亲的身边。见到了宝贝儿子,巴图玛紧紧地搂着赛比又亲吻又哭诉,满脸泪水:"妈妈以为这辈子再也看不见你那可爱善良的面容了,妈妈以为你已经不在人间了。你那身影,那脸庞,时刻都在妈妈眼前浮现着。你再亲一亲妈妈吧! 好啦,从今天起,你在家陪着妈妈,别再离家了!"

自从听说赛比失踪,苏孟塔公主对侄儿的想念与日俱增,心情也格外忧郁不安。古刹喇国王不知如何劝慰妹妹,只好又一次派那位猎手前去探听赛比的消息。这次见到了赛比,猎手高兴极了,跪在赛比面前恳求道:"亲爱的王子,你姑姑苏孟塔公主想念你,日夜哭泣不已。你父王古刹喇派我来这找你已是第二次了。请你为了你的父王和姑姑,同我一道回汴祯京城去吧!"

赛比思索了一阵,然后说道:"大人受命来接我回朝,可我对宫廷生活已感到厌倦极了。请大人汇报父王,说我再也不想见到那六个贪生怕死、阴险狠毒的兄弟了。"

回到朝里,猎手把赛比的原话禀报了古刹喇国王。国王恨透了六个王子,他压抑住内心的怒火,传令群臣:"你们赶快准备马匹、大象和最高贵的轿子,朕得亲自前去接王子回朝。"

朝廷大队人马又浩浩荡荡上了路,到了印佛地域。古刹喇从轿子下来,走到赛比面前。

"赛比,我亲爱的儿子!"古刹喇温存地说,"你同我一道回朝去吧。这是你父亲最恳切的要求。过去，我曾对不起你母亲和你们几兄弟。今天，你应忘记过去，赶快同我回朝，用你的本领为我整治江山。"

"启禀父亲，"赛比答道，"过去的事情已经过去了。母亲和我们三兄弟隐居在没有人烟的深山密林里，虽说清贫，可这里没有仇敌、嫉妒。我们不可能同你一道回去，同那些人面兽心的人生活在一起。"

赛比刚一说罢，古刹喇急得满头大汗，接着全身战抖，然后昏迷过去。赛比赶忙用法水给父亲抹脸，古刹喇才渐渐苏醒过来。

"启禀父亲，"赛比亲吻着父亲的手，"请父亲忘掉刚才我说的那些话。我将跟你一道回去，我不能够让你为了我而陷入苦闷之中。"

就这样，父子俩一同上了象轿，在大队人马的护送簇拥下，回到了汴祯京城。

见到了侄儿赛比，苏孟塔公主万分高兴，把赛比拥到怀里，说：

"赛比，姑姑的好侄儿，你把你经历的艰难坎坷都告诉我吧，为什么你不跟姑姑一道回朝？"

赛比立即把那六个狠心的兄弟推他下深渊，然后一个人孤独地在鬼域里过了几个月的经过告诉了姑姑。

苏孟塔一面听着赛比的叙述，一面抽泣不止。古刹喇也怒不可遏，立即传令把那六个阴险的王子和他们狠毒的母亲，统统驱逐出宫,赶进山林里。

　　然后,古刹喇立即下令在宫内举行隆重大典正式禅位于赛比。从此,这个王国繁荣昌盛,国泰民安。

安图拉公主

在遥远的年代里，美丽的九龙江畔有一座古老的京城，那里有巍峨壮丽的宫殿、金碧辉煌的佛寺和檐牙相接的屋宇。每天从远方，一队队商旅赶着驮货的象群，带着各种珍贵的产品，赶来这里集中。旱地上，车如流水，江面上船似穿梭，好一派繁荣景象。

进城的人们，老远就看见庄严的洁涤默楼巍然耸立在京城的中央。这块欢乐的国土不仅仅它的名字泽卡沁是美丽的，这里还有无数条欢腾的街道，日夜在默尼孟树和挝发挝旦树的浓荫下，伸展着它们逶迤而秀丽的身姿。人们生活在一个太平的盛世里，男女老少穿着都很讲究。男子穿着各种式样的纱龙，女子围着华丽缤纷的筒裙。闲暇时，人们喜欢结伴，三五成群地来到那座白锦石的大寺里拜佛爷。嵌在这佛寺门额上的那块歌瑶玛尼宁宝玉，放射着千万道华光，把这里的黑夜化为光明。来到泽卡沁城游览的人们，都怀着感恩的心情，虔敬地低下头，走过佛寺的门前。

泽卡沁城的国王法牙·思绪弗只生下一个美丽的公主叫安图

拉。十六岁的安图拉有一双善良的眼睛和一副白莲般的笑脸。她的长发散在背后，像一束游荡在碧水里柔嫩的丝草。安图拉不高兴别人侍候，喜欢一个人独自玩耍。她生性特别喜欢动物，每天都亲自给鸡鸭猪牛喂食。善良的安图拉到哪里，哪里的小鸟就快乐地歌唱，哪里的花草就微笑点头。国王、王后和老百姓都十分疼爱这位温顺、美丽的公主。

可是，有一天早上，阳光刚刚出现在地平线上，王宫里突然破例地响起了一阵早朝的鼓声。文武百官连忙穿上朝服，拥进宫来。原来国王迫不及待地要给臣子们追述一个奇怪的梦：国王昨夜梦见自己正在花园里走着，突然间，一块闪闪发光的宝玉从天上掉下来，正好落在自己的面前。他连忙弯下身子去拾这块天赐的宝贝，但是非常奇怪，亮晶晶的东西一到手里就突然变黑了。紧接着是一阵大风迎面刮起来，弄得国王眼花缭乱，只觉得整座京城在猛烈地摇撼着，宫殿、塔楼、屋宇，哗啦啦地相继倒塌下来。他心里一慌，把宝玉一摔，于是这宝玉发出一道耀眼的蓝光，消失了！

讲到这里，国王问臣子们这是什么预兆。一个有先知本领的臣子庄严地向国王禀告："启禀大王，这是一个不祥之兆。佛爷已经暗示，不久，泽卡沁城将遇上一场大灾难。但是，它将来一定会得救的。请大王做一个大金鼓，放在嵌有歌瑶玛尼宁宝玉的佛寺里，然后让公主住在里边。因为只有公主才能把泽卡沁城从死亡的废墟中拯救出来！"

国王急忙把做大金鼓的命令下达后，就马上赶回宫里，向妻子和女儿沉痛地叙述了这场噩梦和那个臣子的预言。再没有什么更好的办法能拯救父母和民众百姓了，安图拉只得听父王的话，答应到金鼓里去住。大金鼓抬进宫里的那天，国王和王后紧紧地抱住安图拉公主，眼泪像雨点似的落在女儿的脸上……

从此，热爱自由、善良美丽的安图拉辞别了欢乐的人间，孤独地生活在这个狭窄黑暗的金鼓里。可怜的安图拉呀，你什么时候才能回到亲人的怀里？祖国锦绣的山河你什么时候才能再见？

小鸟不见安图拉，最好的歌也不唱了。花草不见安图拉，娇艳的容颜也渐渐地憔悴了！

泽卡沁城西边，有座巍峨的嘻马番山，山头终年云雾不散，山里住着一对吃人的怪鸟。它们飞到哪里，死神就主宰哪里的一切。这对怪鸟有个怪脾气，每次吃饱后，一睡便是三年。这年它们刚刚醒来，并且约定到附近觅食。于是这对吃人的魔王便又张牙舞爪，拍着庞大的翅膀，向泽卡沁城扑来。

天上突然来了凶猛的怪鸟，京城里发生了一阵骚动，接着一场人类和怪鸟的殊死搏斗开始了。嗖嗖……嗖嗖嗖……刹那间，利箭和长矛像流星似的满天飞，横冲直撞地向怪鸟展开了致命的攻势。利箭够坚的了，怪鸟的羽毛比箭更坚！长矛够刚的了，怪鸟的羽毛比长矛更刚！凭着一双庞大的翅膀，一会儿，它们居高临下，连连喷射毒气；一会儿，像闪电似的冲上蓝天。中毒的人们相继倒在地上，没有多久，城里到处布满尸体，哭号与呻吟声震响着整个天地。接着，两只怪鸟俯冲而下，飞掠到地面上，用坚硬庞大的双翼推倒一切宫城、塔楼和屋宇。它们把利刀似的爪子伸向一切尸骸，拼命地撕呀、挖呀，狼吞虎咽地啄食着人肉，吮饮着人血。

怪鸟飞走后，泽卡沁城已经是尸骸遍野、血满城窟的死城了。只有嵌着歌瑶玛尼宁宝玉的佛寺还照旧放射着神奇的光彩，住着安图拉公主的那个大金鼓还完整无缺。虽然在金鼓里，安图拉却知道外边的一切变化。恐惧、悲痛和仇恨交集地折磨着这位少女善良的心灵。她日夜默默地向佛爷祈祷，想法拯救这一切不幸的生灵。

九龙江依旧沿着这座荒凉冷落的死城日夜流转。在无穷的天宇下，江水缓缓地流到远方，流过江畔无数壮丽的京城，滋润着那里富饶的土地。两岸雄伟秀丽的山林景色，倒映在碧波里，静静地游荡着。

在江水转弯的地方，有座汴祯城。站在威严的孚费山头远望，人们可以看见一座座高脚屋样式的宫殿屋宇倒映在九龙江面，像镜子似的，在江水里闪烁着白光。家家户户栽满了奇花异草。汴祯城终年像一座洋溢着浓香的百花园。每隔七天，当黄昏降临大地时，嘹亮的锣鼓声便从孚费山上的古寺里发出，传向四方，仿佛在把人们的太平生活颂扬。

这是一个新继位的年轻国王番牙·拉沙的京城。国王拉沙生性酷爱打猎。一天清早,他带了弓箭和侍从,骑着飞快的骏马进山狩猎去了。由于只顾追捕猎物,他们进入了林子的深处。这时,在树林子后边的一块嫩草地上,一只金色的小鹿正在欢跃,像跟林间的美景游戏似的。拉沙勒住马,躲在一棵大树后边,拉开弓准备射去。金鹿好像发现有人在窥探,转身飞跑进密林里去了。金鹿跑得比骏马还快,并且仿佛有一种神秘的魅力,把这位年轻的国王吸引住了。有时候,金鹿突然放慢步子,似乎在等待国王,但当他将走近的时候,金鹿又向前飞跑了。因为想生捕这只珍奇的猎物,好几次本来可以一箭把金鹿射死,国王却又踌躇不忍下手。最后,他只得纵马飞奔,风驰电掣的赶着金鹿。

追着追着,不知不觉太阳西沉了,此时国王才恍然大悟自己一个人来到一处陌生的地方。转瞬间,眼前的金鹿不见了。多么珍贵的金鹿啊,怎么能把它失掉了呢?国王心里一动,便又继续往前追去。可是,金鹿的影子再也看不见了,眼前出现的却是一幅骇人的景象。他只好勒住马,惊愕地环顾四周,嘴里沉吟着:"这该是一块蒙受过大劫的土地吧?"金鹿忽然不见已经使国王感到诧异,而现在脚下这惨淡的废墟更使他惶惑不安。因为走了许多路,疲乏极了,国王放马徐行,心里揣摩找个干净的地方歇息一下,没料到越走阴气越重。成群的乌鸦发觉人来了,惊恐地拍翼高飞,恼怒地发出一阵呱呱呱的怪叫,像在咒骂跟它们争夺腐肉的人似的。国王骑在骏马上,踏过颓墙倒壁,穿过崎岖的山路,来到荒芜的原野。

苍茫的暮色从远处的山头上无力地倾泻下来,给苦难的土地披上了恐怖阴森的丧衣。一阵旋风从江面吹起,像冤魂们的哭诉声,在寂寥的天宇中呼啸着。马背上,年轻的国王千思万绪,他苦苦地思索:"金鹿为什么一到这里就不见了呢?为什么这里到处是一片凄凉的景象?"马依然缓慢地迈着步子,忽然远处一线闪烁的钻石光把国王吸引住了,于是他又挥鞭驱马向前追去,不料竟然来到了一座富丽堂皇的佛寺前。绕了一圈,他决定进寺里走走,心里想:要是能遇上什么人把这座奇怪的京城问个明白,那该多好呀!然而寺里死一样的寂静,真叫人毛骨悚然。这时,挂在右边的大金鼓迎面扑入国王的眼里。他沉思了一会儿,随即抽出宝剑,走到大金鼓前,用剑柄敲了一阵子,洪亮的鼓声响彻四方,和远近的群山呼应着,可是还是不见人影。国王感到纳闷儿,正要走开,突然金鼓里发出了愤怒的声音:"妖怪!快给我滚出去!即使你千变万化,我也绝不会上你的当。滚出去,马上滚出去,别想碰我一下!"

这正是安图拉公主的声音。原来她透过金鼓的一个小孔,早就窥见了这个英俊年轻的国王走到自己的金鼓跟前,她庆幸佛爷已经给自己带来了一位救星。可是她一想到可能又是那些企图陷害自己的妖怪变的,便又气愤地想把国王赶走。

听见金鼓里有人的咒骂声,国王惊讶地寻思道:"为什么金鼓里有人呢?是人还是鬼?怎么她口口声声骂我是妖怪,不相信我是人,一个慈善的国王?难道我不能让她知道我拉沙是一个善良的人吗?"

国王用剑尖一划,把金鼓破开了。在荒凉的废墟上,安图拉从金鼓里走出来,仙女般的美丽。国王以为自己在做着一个美妙的梦。在歌瑶玛尼宁宝玉的华光下,安图拉显得异常高贵尊严。她逼视着国王的脸,眼里闪着探索和抗拒的光。

一场虚惊过后,国王温存地问道:"美丽的少女啊,请告诉我这是什么地方。这里为何被摧残蹂躏到这个地步? 还有你——美丽的少女,你是谁? 为何孤独地住在这个窄小黑暗的金鼓里?"

犹豫的安图拉来不及回答。国王又往下说:"我不是妖怪。我是九龙江边的番牙·拉沙。因为只顾追捕一只金鹿,才在这儿迷了路。金鼓里的少女啊,请你把这里发生的一切告诉我吧!"

拉沙的温存与诚实给安图拉带来了镇定,兴奋的微笑已偷偷地爬上了她那娇嫩的双唇。她默默地感激佛爷的恩德,使自己遇上了这样一位英俊的青年。她激动得直淌着泪水。拉沙国王难过地催促着:"美丽的少女啊,说吧,把一切都告诉我吧,我发誓为你竭尽忠诚!"

于是父母亲和人民百姓被怪鸟惨杀的情景又浮现在安图拉的眼前,她不觉心里一阵阵绞痛,禁不住滴下眼泪,抽泣起来了:"谢谢您,善良的将军大人。我原是安图拉公主,泽卡沁城国王的女儿。自从两只吃人的怪鸟把我们壮丽的京城变成了眼前这块绝灭人烟的土地后,托佛爷的福,我一个人住在大金鼓里侥幸还活着。"

安图拉把父王的噩梦、臣子的预言和这场大灾难全告诉了拉沙国王后,便又呜咽起来了。

面对闪着泪花的美丽的安图拉,一种爱怜的情感冲击着这位年轻国王的心坎:"啊,美丽的公主,好吧,你就跟我到汴祯城躲一躲吧。我将给你帮助。慈祥的佛爷将惩罚每一个无法无天的魔鬼。"

当天夜里,安图拉和这位年轻的国王并肩骑着快马,踏着迷人的月光,向汴祯城飞奔。进宫时已经天亮了。

又是一个明朗的早晨,在瑰丽的王宫里,拉沙王后厄卡依正在赶织一条帕沙贝巾①。她抚摩着披巾上一条条闪亮的五彩线,幻想着丈夫在夸奖自己妻子这双能干的巧手时,不觉偷偷地微笑了一下。但是厄卡依心里明白,自己并不漂亮,而国王拉沙娶她也是出自被迫的,所以并不真心爱她。为着要夺得这位年轻国王的爱情,厄卡依非常注意修饰自己。她把以梳妆闻名的西汤婆子早早请进宫里来,朝夕为自己精心打扮。她幻想有那么一天,国王会为她的花容月貌所倾倒。想着想着,忽然侍女进来说,国王已经打猎归来了。厄卡依赶忙理了一下围裙,叫西汤婆子给自己打扮一番,好马上迎接丈夫去。站在楼台上,厄卡依看见在护驾的大队人马中间,自己的丈夫和一个娇艳的少女并肩骑在骏马上。疑惑、嫉妒

---

① 帕沙贝巾:老挝妇女的披巾。

顿时在她的心里激起了仇恨。她疯了似的把披巾撕成了碎片,然后跑进宫房里,抱头大哭。西汤婆子明白主人的心事,她苦苦地劝告厄卡依王后,叫她表面上还得装着跟这个少女相处得好好的,然后再设法把她除掉,把国王的爱情弄到手。

国王的奇遇像插上了翅膀很快地传遍了整个汴祯城。一些亲眼见到安图拉公主的老百姓,都说她是个顶好的姑娘,亲热地称她为卡庵恭公主(金鼓公主)。

过了几天,纳封卡庵恭公主的典礼隆重开始了。男女老少载歌载舞,集会庆祝,京城沉浸在节日的欢乐气氛中。看见丈夫醉心于卡庵恭公主的美丽,厄卡依咬牙切齿,心里怀着鬼胎。

自从来到汴祯城避难和跟拉沙成婚后,安图拉时刻都在思念着自己的亲人和苦难的祖国。“救救不幸的人们吧,慈悲的佛爷!”她日夜向神灵祈祷。她相信,佛爷无边的法力定能把亲人从死亡中拯救出来,泽卡沁城总有一天能够复活。为着一个更美好的将来,善良的安图拉想尽一切办法迁就这个嫉妒成性的厄卡依王后。可是,自古以来,毒妇人的心谁个又能迎合得了呢?

过了一些日子,安图拉怀了孕,国王更加宠爱她了,厄卡依则迫不及待地想马上把她杀掉。西汤婆子看出主人的心意,连忙劝道:“王后呀,你别这般糊涂了! 你要想博得国王的宠爱,要想把那个安图拉杀死,就请听奴婢的话吧!”

随后,两个毒妇人鬼鬼祟祟地私议了一番。等到安图拉刚生下孩子迷迷糊糊的时候,她们里应外合,把四只小狗偷偷地送来了,又把四个王子偷偷地换走了。然后西汤婆子把王子们放进一个瓮里,抛在宫后一条大江里,让瓮在水里漂泊。

跟着就是厄卡依在国王面前搬弄唇舌:"大王呀!我说您也太没有远虑了!把这样一个怪诞的女人带回来还不算,还要封她做什么次妃。我早就疑惑了,世上怎会有这样妖艳的女人呢?今天真相才大白啦!原来是那些企图诬陷您的魔鬼变来的,她已经跟畜生鬼混在一起,所以才生下了四只狗崽子。她败坏了我们王宫的尊严,玷污了我们王族的声誉。大王呀,您好好地想一想吧!"

国王又气愤又疑惑。厄卡依趁势追迫:"哎呀呀,离奇古怪的事我算听得够多的了,可就从来未听见说过生狗崽子的。大王,您仔细回忆一下吧,假如她不是魔鬼的话,怎么一个人能够在坟地里生活?"

善良忠厚的国王竟被这毒蛇一样心肠的王后欺骗了。为了免除后患,他跟臣子们谋划怎样把安图拉杀死。可是臣子们都劝阻说:"事情真相未明,暂且罚她在王宫附近的一个园子里养猪吧。"

就这样,在厄卡依的淫威下,安图拉过着奴隶般的生活。她有多少痛苦,厄卡依就有多少欢乐。安图拉穿着褴褛,孤零零地一个人住在一间破屋里,每天还得干许多重活。每当想起亲人,想起残破的国土,安图拉心里阵阵剧痛。她觉得,世上的恶人实在太多了。她沉默地呼唤着父母亲,呼唤着亲爱的泽卡沁城,眼泪像断线的珠子直滚。她埋怨老天为什么不让自己也跟父母亲一道死去，叫自己一个人活着好苦啊！可是，每当她感到厌倦不想再活下去的时候，耳边便响起了父亲告别的声音："孩子啊，你一定要坚强地活下去，泽卡沁城的命运就落在你一个人身上啦！"于是她又把头抬起，咬紧牙关，忍耐着巨大的痛苦。至今，安图拉还不明白为什么自己竟生下四只小狗。她记得刚生下孩子，虽然觉得有点迷迷糊糊的，但婴儿哇哇的哭声还能清楚地听到。可是清醒过来的时候，却看见摇篮里躺着四只小狗。可怜的孩子呀，你们现在在哪里？你们已经死了，还是活着？告诉你们可怜的妈妈吧！越想，安图拉越发伤心了。但是一种不可思议的强烈的希望增强了她活下去的勇气，使她从日常的劳动中找到了真正的慰藉和欢乐。而她那贤良的品性仿佛能把大自然感化似的，没多久，她居住的地方竟成了百鸟的唱歌台。松鼠每天都会给她送来肥大鲜美的野果。于是这个寂寥的角落从此成了一个鸟语花香的天地。

日子一天天地过去了。安图拉经常在夜里做奇幻的梦。有一次，她梦见在一个明媚的春天的早晨，在千万道灿烂华光中间，一位慈祥的佛爷出现了。他赐给她一头神象和无边的法力。于是她向苦难的祖国飞回，把泽卡沁城从死亡的废墟上拯救了出来，并且还给她一个太平盛世的面貌……

汴祯城以北有座小园林，里边满山是珍禽异兽，遍地长着奇花异草。因为国王和王后经常来这里游览狩猎，所以官府把园子交给了一对善良的老夫妇看守。一天傍晚,老婆子到江边取水,看见一只瓮正在顺流而下,她便用竹竿把瓮拉到岸边。往里一瞧,啊,原来瓮里躺着四个正在熟睡的小娃娃。多逗人喜欢的小娃娃啊,梦里还在笑着呢!老婆子又惊又喜,连忙呼唤老头子赶来,然后一同抱起四个小宝贝直往家门跑。老夫妇高兴极了,都说佛爷可怜老来无子的人,才赐给他们这份福气。从此老妇更熬尽心血,哺育着孩子们。老头子每天上山找贵树根煎煮给老妻喝。全靠吃了这种珍品,老婆子才有足够的奶汁把四个小王子喂得白白胖胖、结结实实的。

日子久了,这奇闻就叫厄卡依知道了。她恨透了,牙齿咬得咯咯响。"这四个野种还没死,将来怎了得,斩草得除根呀!"厄卡依恶念一闪,马上叫来西汤婆子嘱咐了一番。趁着这对老夫妇不在家,西汤婆子带着一包浸了毒药的饼,偷偷地溜进园子里。这时,四个小王子正在你追我赶做着游戏。西汤婆子撒了个谎,说是探亲来的,然后把饼分给他们吃。吃了有毒的饼,可怜的四个王子痉挛着倒在地上死了。

不久,老夫妇从外边回来,看见四个孩子躺在地上,一动也不动,手脚冷冰冰的,知道是恶人下了毒手。抱住僵硬了的四个孩子,老两口哭得死去活来。一切办法都用尽了,但是孩子再也不能救活了。怀着极大的悲愤,老夫妇哭哭啼啼地在后园挖了个穴把四个孩子埋葬了。第二天一早,他们去看坟。奇怪!新的坟头上长出了四株占芭树①，郁郁葱葱的。晨风柔和地吹拂着，枝丫轻轻地摇晃起来，仿佛在向这对可怜的老人默默地祝福。从这天起，老夫妇又像哺育生前的小孩子一样哺育着这四株红色的占芭树。

四株匀净而笔直的占芭树在幽深的林间并排地生长着，像四根巨大的红烛插在山野间，在月夜里闪泛着霞光。一串串亮晶晶的钻石花开在金丝似的枝头上，在玉石般碧透的绿叶丛中闪烁着奇幻的光辉。占芭花的香气充满了整片山林，飘散到古老的汴祯城内，余香压过了那里的百花，在人们中间施展着一股神奇的魅力。于是城里的人经常借着来探望看园老夫妇的机会，在占芭树下多待一会儿，饱尝着这奇异的花香。男女青年总喜欢在占芭树下集会，他们唱呀、跳呀，流连忘返，从黑夜唱到天明。而每天回到家里，他们心中还在眷恋着这四株可爱的占芭树，像眷恋着自己的情人一样。闲暇时，老夫妇在占芭树的浓荫下用沉痛的声音，向人们追述着这四个无辜孩子的不幸。

很快，四株占芭树的奇闻传到余恨未消的厄卡依的耳里。她气得脸一阵青，一阵白。一不做，二不休，这毒妇人马上派出皇兵赶到园里去砍占芭树。占芭树的花太娇艳了，皇兵睁着眼睛不忍心砍呀！但是王后的命令谁敢违抗，他们只得一齐闭上眼睛，抡起大斧，往树根拼命砍去，可四株占芭树依旧丝毫不动地挺立着。厄

---

① 占芭树：鸡蛋花树。鸡蛋花为老挝的国花。

卡依恼羞成怒,她对老夫妇说:"赶快给我把这四株妖树砍掉,要不,你们的脑袋就得搬家!"那天晚上,老夫妇整夜伏在占芭树下,悲恸地哭诉:"天啊!为什么世上竟有这样的毒妇恶人呀,她连树木也不放过?"但是他们的哭声又怎么能打动毒蛇似的心肠呢!在静寂凄凉的夜里,占芭树的一片片花叶轻轻地飘落在两个老人的身上,像分担这场生离死别的忧伤。

第二天,西汤婆子又亲自带了一群皇兵,一进园里,她就嚷着要砍掉占芭树。说也奇怪,今天他们轻轻一碰,四株占芭树便连根带叶倒在地上。西汤婆子喜出望外,向狗腿子们喊道:"快把这四株妖树给我扔到九龙江里去!"

于是在轰隆隆的声响中,九龙江里飞溅起一丈多高的白沫。望着四株可爱的占芭树随着滚滚的江流向远方漂泊,可怜的老夫妇眼泪也流尽了!

王宫里,厄卡依正焦急地等待西汤婆子的捷报。她心下忖度,这下子一定把这四个王子的踪迹完全灭绝了。自从把安图拉放逐后,厄卡依占夺了国王的爱情。可是当她想起自己那些不可告人的勾当一旦被别人揭露而不得不服死罪的时候,心里又惶惑不安起来。她最怕西汤婆子在国王跟前摇唇鼓舌,把事情弄得不可收拾。于是她把心一横,袖里藏着利刃,决心刺死西汤婆子。

把四株占芭树扔到九龙江里后,西汤婆子扬扬得意地回到宫里,她满以为这回定会得到王后的重赏。可是正像俗语常说的那样:恶有恶报。两个恶人不能成为朋友。西汤婆子刚踏进宫来,厄卡依就来个冷不防,对准她胸口插了一刀。就这样,一个毒妇人在另一个毒妇人的脚下倒下去了。

巍然耸立在崇山峻岭中的孚高山,把自己的影子投到九龙江面。山上四时花荣草茂,果实累累。山脊上有座古寺,终日冷清清的。那是一个玄秘的仙境!

一天早晨,有个小和尚下山汲水,眼前的春色把他迷住了。小和尚时而追逐着在小树枝头翻飞的彩蝶,时而聆听着清脆婉转的鸟音,时而凝视着脚下像一条碧罗带似的在净白的沙岸上飘荡的九龙江水。忽然,江边一簇簇闪光的东西把他惊愣住了。定神一看,多美啊! 原来浸在江水里的四株占芭树,全身像透明的碧玉,在水底下闪着瑰丽的灵光。小和尚赶忙伸手去摘这树上的花,但是花枝像紧紧地嵌在树身上似的,拗了半天,好容易才采下一小枝。谁知花枝刚折断柄上就淌下几滴血。小和尚打了个寒战,掉转头就飞跑去告诉发拉西①。

发拉西虔诚地祷告了一阵,知道这四株占芭树正是那四个蒙难的王子,便叫小和尚把树都扛上山来。发拉西拿出一个瓶子装上神水,一边给树身洒上神水,一边嘴里念着神圣的真言。突然他大喝一声,只见四株占芭树应声徐徐蠕动着身子,转瞬间变成了四

---

① 发拉西:在深山里修道,有许多法术,并且将要成佛的人。

个魁梧、英俊的王子。

从此，发拉西把玄秘的法术传授给王子们，给每个人起了个名字：大王子叫阿玛大拉①，二王子叫绪哥阿玛拉②，三王子叫沙玛大拉③，四王子叫飞沙拉④，又给每人一把神剑和一张神弓。

飞沙拉王子因为被小和尚摘花时折断了一个小指头，发拉西给他安上一个神指，这神指有着能使一切起死回生的法术。

一天，番牙印⑤下凡拜访发拉西，他把四个王子叫到跟前，给他们叙述了他们自己漂泊的身世和悲惨的过去。听到母亲正在过着奴隶的生活，王子们悲愤异常，哭着央求番牙印赶快救救母亲！

"孩子们，发拉西已经教给你们足够的法术。"番牙印说，"从今天起，你们得下山去，跟人们一块儿生活，为他们斩除一切妖魔鬼怪和建立一个美好的乐园。"

王子们恭敬地低下了头，把掌合在胸前，答应一定听番牙印的话，发誓终生乐善好施，绝不为非作歹，并为人类斩除一切恶魔。番牙印便给他们一只大船，自己扮成一个修行者，穿着一身素白，跟着他们一起到汴祯城去救母亲。

---

① 阿玛大拉：不死。
② 绪哥阿玛拉：幸福。
③ 沙玛大拉：道德。
④ 飞沙拉：威武。
⑤ 番牙印：玉皇大帝。

在开往汴祯城的路上，要经过许多座京城，王子们到哪里就把哪里的妖魔鬼怪消灭干净，所以他们的声威远扬，到处受到人们的热烈欢迎。大王子、二王子和三王子也在这时被三个王国招去做了驸马，并继承了王位。但是为了救母亲，他们把国事暂交托给大臣们，各自又驾了一只大船，带了一批勇猛的将士，跟着弟弟和白衣老人继续前进。

一天黄昏时分，在离汴祯城不远的江面，出现了四只富丽堂皇的大船，船桅上旌旗猎猎，船舱里鼓角齐鸣，船头上站着四个威武的年轻首领。

想到就要跟可怜的母亲见面了，王子们内心在阵阵激动。他们商议之后，决定派飞沙拉去接母亲，其他人在船上准备迎接。

天色已黑，飞沙拉带着神剑腾身一跃，轻轻地落在岸上，然后朝王宫走去。经过了三番五次的摸索，他才在一座寂静的冷宫附近找到安图拉公主破烂的房舍。在朦胧的月色下，飞沙拉看见母亲正在园里喂猪。第一次看见母亲，飞沙拉禁不住激动。他是多么疼爱自己的母亲啊，他仇恨那些多年陷害母亲的恶人！他走到母亲跟前，把手合在胸前，恭敬地说："亲爱的妈妈，请您停一停手中的活吧，您的孩子有话跟您说呀！"

安图拉抬头一看，一个像天神一样的英俊青年站在自己跟前，她心里慌乱起来，马上想跑开。但是青年那饱含着骨肉深情的话语又使她镇定了下来。现在，仿佛有一种什么力量在极力唤起她痛苦的回忆,她从头到脚打量着青年人,心里寻思:他大概不会是恶人吧,他一定有什么秘密的话跟我说。于是她问道:"年轻人,你是谁?从哪里来?为什么把我认作妈妈?我是被放逐了的卡庵恭王后,我的孩子……"

说到最后这句,悲惨的过去又涌上心头,安图拉抑制不住沉痛的心情,眼泪像泉水般直涌。母亲哭了,飞沙拉更加难受了,他跪在母亲的脚下劝慰着:"妈妈,我亲爱的妈妈!您就是泽卡沁城的安图拉公主。您那一直受恶魔们百般陷害的四个王子,历尽了多少险阻,托佛爷的福,今天终于又回到您的身边来了。亲爱的妈妈,难道您真的一点也不知道吗?"

于是飞沙拉把苦难的过去向母亲倾吐了。安图拉不再有别的疑虑了。她庆幸孩子们已经生还。过度的兴奋,使她竟说不出话,望着眉目清秀、身躯魁梧的孩子,她眼里闪烁着慈爱的光。飞沙拉请母亲马上跟自己回到大船,恐怕大哥们已经等得焦急了呢!

母子五人又相聚在一起了,他们又是高兴又是悲痛……激动的时刻过去了,想起了看园老夫妇,飞沙拉又上岸把两个老恩人接到船上来,一起团聚。

当看到看园老夫妇来到大船上的时候,白衣老人便现出番牙印的原形,全身迸发着金光,显得分外威严。于是人们跪在番牙印的脚下,膜拜着这位专给人类带来幸福的上界最高的主宰者。

番牙印命令人们站起来:"老天爷一定给你们留下幸福,如果你们善良的话。你们继续沿着善良的大道走吧!"

嘱咐完,番牙印突然不见了。

第二天,当汴祯城的百姓看见四只巍峨灿烂的大船在江畔停泊的时候,都感到惊异与忧虑,赶忙去向国王报信。

自从把安图拉当成魔鬼后,国王一直远离她。枝头上的百花已经几度开了又谢了,枝头上的叶子几度绿了又黄了,可是安图拉的美丽一点也没有消退。有时尽管国王很想念她,但又不敢接近她。在苦闷彷徨中,国王只好今天打猎,明天遨游,有时也找几个穷苦的人做点布施,聊以慰藉遭受创伤的心灵。现在突然听见臣子们禀告,四只大船已经开到了城下,因不忍看见人民在战争中遭受蹂躏和痛苦,他下令臣子们先到江畔去窥探军情并且和陌生的人们谈判。

使臣们站在岸上,面对着四只金光闪闪的大船和船上惊人的阵势,心里也暗暗地惊叹。

一个臣子喊道:"诸位将军,你们是为拜访我们这座古城而来的,还是想侵占我们富饶美丽的国土?告诉我们吧,让我们做好迎接你们的一切。"

站在船头的飞沙拉庄严地回答:"启禀大臣们,我们兄弟翻山越岭,冲破重重险阻,来到这里,不是蓄意侵占你们的国土,而是为了给人类斩除奸恶,并把安图拉公主接回去。希望你们把公主送到这里来。"

臣子们把四位年轻首领的话告诉了国王,国王便马上召见安图拉公主,可是她忽然不见了。国王急得发狂,臣子们忙献了个计,说找个跟安图拉公主一模一样的妃子给他们送去吧。没办法,国王也只得答应了。谁知道,抬着假的安图拉的花轿刚踏上船来,一个年轻的首领指着使臣们大声斥责:"你们都是些奸诈的人。你们休想瞒过我们的眼睛。安图拉公主尽管失踪了,我们还是有办法把她找回来的。你们赶快回奏国王拉沙,说安图拉公主是他迎娶过来的,现在要是想让公主一个人回去,那么请他到这里见一见我们兄弟。"

使臣们拖着假公主,狼狈而逃。拉沙只得坐上象轿到江畔接见这些陌生人。于是迎接汴祯城国王的典礼正迅速地准备着。

象轿刚到,国王拉沙便被眼前隆重欢迎仪式长久地吸引住了。天啊!那简直是一座耸立在九龙江上的巍峨壮丽的水上宫殿!这时,大船上官兵已经一齐下跪了,恭敬地请国王进入王宫,登上金銮宝座,两边还撑着大罗伞。突然间,四位年轻的首领伏在国王的跟前,向他亲切地祝贺。国王慌忙把他们扶起。于是阿玛大拉说:"启禀父王,我们不是陌生人,我们是卡庵恭王后的孩子,是您的王子。"

国王愣了很久很久,然后诧异地问道:"诸位将军,首先让我知道,为什么你们把我认作父亲?为什么又要我把安图拉公主交给你们?"

"亲爱的父王，"阿玛大拉接着说下去，"假使您想知道这到底是怎么回事的话，那么请您把厄卡依王后带到这里来吧。"

国王更觉得惊奇了，马上传令召见厄卡依。正在因为国王去接见四位年轻首领而满怀忧虑的厄卡依忽然听见侍从回报，他们不仅隆重地接待了国王，而且把他认作父亲呢。现在国王要马上召见王后，一切都已经很清楚了，厄卡依顿时全身发抖，脸色变得苍白。再也无法逃跑了，她只得跟着官兵来到大船上。

在国王和他的四个王子面前，听了大王子阿玛大拉对她的阴谋揭露无余时，厄卡依被迫低头服罪。国王愤怒极了，下令马上把这个毒妇斩首示众。可是王子们连忙劝阻了，请求父王免了厄卡依的死罪，劝她从此改邪归正，将功赎罪。国王看见孩子们不忍把厄卡依杀掉，只好决定把她赶出宫廷。然而，恶贯满盈的厄卡依已经被百姓恨入骨髓，百姓恨不得把她碎尸万段。可能百姓这一正义的愿望打动了老天爷的心，所以当这个毒妇从船上被赶到岸上的时候，突然间，地面裂开，她被活活地埋在地底。地神已经怒不可遏，把这个险恶的女人给惩罚了。

这时，在大船上，国王拉沙和他的四个英俊的王子沉醉在天伦之乐里。拉沙连连责怪自己过去太糊涂了，竟听信这样一个毒妇人的话，让孩子们的母亲白白地受了多少年的苦。想起善良美丽的妻子突然失踪了，他不禁淌下了懊悔的泪水。他嘱咐王子们要想法把母亲救回来。王子们对父亲说，母亲已经接回来了，现在正在旁边一只船内歇息。拉沙国王便传令召见安图拉公主。安图拉走到丈夫跟前,她仍然像当年一样美丽,只是眼里闪着悲怨的目光,似乎在责怪丈夫过去的蒙昧……

随即,国王拉沙下令全城集合庆祝,狂欢数日。欢庆的典礼完毕后,大王子、二王子和三王子辞别了父母和小弟弟回到自己的京城。飞沙拉留在父母亲身边一起治理国事。

……时间飞快地流逝着,春天又来了,百花又怒放了。

一天早晨,在荒凉的泽卡沁城江畔上,一个容貌俊秀的青年在放马徐行。他腰间挂着弓弩和宝剑,脸上不时流露出悲愤沉痛的神情。突然间,这青年纵马飞奔,伸着手指连连指点前边,他的手指向废墟,废墟立即涌出巍峨的宫殿;他的手指向荒芜的原野,原野顿时呈现着一片鸟语花香的景色;他的手指向白骨堆,白骨堆于是化成一群群人。复活的人们面面相觑,惊喜交集,像从噩梦中惊醒,然后他们相互寒暄、相互往来……泽卡沁城又恢复了它过去的繁荣热闹的面貌了。

王宫里,国王思绪弗和王后也活过来了。面对着这位年轻威武的将领,国王思索了很久,他努力追溯到二十年前所发生的一切。国王对青年人说:“年轻的将领,你莫不是上天指派下人间,拯救泽卡沁城的天神吧!”

青年人亲切地给国王和王后陈述了已发生的一切苦难,最后对他们说:“敬爱的老人,我是飞沙拉王子,安图拉公主的第四个儿子。我的母亲现在是汴祯城的王后。全靠发拉西和番牙印教给了我们一身的法术，才能回来把这座死城和亲人们救活过来。"

国王和王后高兴极了，马上召集群臣，把苦难的过去详详细细地告诉了他们，并且决定举国欢庆七天。于是欢庆全民和国土复活的空前盛大的活动各处热烈地开展起来了。飞沙拉到哪里，哪里的人们就把他围住，要求他讲述金鼓公主和她的四个王子的漂流故事。

人们每次听完故事后，又是惊喜又是忧虑，他们赞颂着恩人们的功德，但也害怕怪鸟再来。

飞沙拉劝慰乡亲们放心过日子，好好地劳作。因为番牙印教给他的法术就是专门消灭这类吃人的魔鬼的。

从此，一个太平盛世的泽卡沁城巍峨壮丽的倒影，又在九龙江碧波粼粼的水面上美丽地浮动着。

麻露遇仙记

相传,在遥远的年代里,卡窝山上住着一个青年,叫麻露。麻露从小就失去了父母,无依无靠,终年挨饿受冻。为了活命,他只好到一个财主家去看牛。白天,他在森林里放牛;夜里,他像一只可怜的小畜生,在牛栏底下蜷曲着疲乏而瘦小的身躯。麻露的全部财产,只有一个饭盒、一支笛子、一把弓和一筒箭。

一天傍晚,当麻露正要放牛归来的时候,突然发现少了一头牛。他心里不安地寻思着:要是牛真的不见了,说什么东家也绝不会饶我这条命啊!思前想后,他把剩下的牛一起拴在树林子里,赶忙去寻走失的牛。他翻山越岭,到处搜遍了,嘴里还不停地"吆呀、吆呀"地大声呼喊。可是,一点反应也没有。走着走着,忽然,哗啦一声,麻露掉进一个窟窿里。这里是一个新的天地。他落在一块明净而光滑的黑石板上,惊异地张目四望,沉吟着:"怪呀!我麻露天天在这山上放牛,哪一条溪水,哪一个垄头没走过?偏偏这个奇异的天地没发现。啊,为什么山头这样坦荡,这里的花草这样奇丽?"

当麻露对着神奇的景色惊叹不已的时候,远处飘来了一阵阵仙乐和少女们爽朗的笑声。这不由得使他微微地战栗了一下。随后,好奇心又使他壮大了胆子,他拨开拦路的花草,摸索着到了有人声的地方。在迷离中,他看见在一口石井边,正团团围着六个仙女。她们一边汲水喝,一边互相嬉戏。过了一会儿,仙女们唱起歌来,手拉着手,在明净、光滑的黑石板上翩翩起舞。这时,有一个仙女却单独躺在黑石板上。她那白莲花般的洁白的身影,清晰地浮现在这块黑得发亮的石板上。

面对着这如画的景色和娇艳迷人的仙女,麻露把寻牛的事全给忘了,一味在那里呆呆地凝视着,直到眼前什么都不见了,他才恍然大悟天色已晚,要赶回原来的树林子。可是,他刚跨出几步,一个美丽非凡的仙女出现了。这仙女在那里东张西望,仿佛在寻找什么人似的。她长唤几声,没有动静,便往太阳西沉的方向飞去了。麻露如同梦中惊醒,慌里慌张出了窟窿,回到了拴牛的树林子里。他又重新把牛数了一遍。奇怪,一头也没少。于是麻露再也不把寻牛的事放在心上了。他心里暗暗地庆幸,这一回,自己不但能活着回来,而且还意外地看到了一个神话的世界。

自从遇见了仙女们,麻露经常在暗地思量,暗地比较。他想:为什么仙女们这样美丽、嫩白,而我为什么这样丑陋、粗黑?长年累月给财主放牛,吃不饱,穿不暖,连觉也睡不好,简直过着牛马不如的生活。麻露啊麻露,什么时候,你才能过上仙女们那样欢乐的日子呢?

可是,没过几天,财主忽然恶狠狠地对他说:"麻露,从明天起,你得从我家滚出去,放牛的差事用不着你了!"

就这样,麻露只好又带着他的饭盒、笛子和弓箭,拖着疲乏的脚步,无目的地向远方走去。走呀走呀,不知不觉他又走进了前几天仙女们会集的地方。麻露兴奋极了,他想:仙女们这样年轻、这样快活,我为什么不去向她们求求情,请她们把我收容下? 这定会比放牛强啊!

麻露壮了一下胆子,向前走去。今天,石井边一片寂静,没有人影,他坐在那里,从清晨等到晌午,从晌午等到黄昏,又从黄昏等到黑夜,等呀等呀,日子一天天地过去了,他依旧徘徊在井边。饿了他就吃些花果,渴了就饮几口山泉水。

有一天,麻露见到一只老虎,正蹲在那口石井边。他心里揣摩着:这里不论是人还是鸟兽,都比我麻露强呀! 找不到仙女,我且去找老虎。于是他走到老虎跟前,恭敬地问:"老虎爷爷! 这一生的苦我已经尝够啦,请您让我跟着您吧! 您要我干什么我就干什么。"

老虎龇牙瞪眼,大声吼了起来:"小伙子,你要跟我,也无非是想过个荣华富贵的好日子吧! 好的,我帮你的忙就是。不过你得先给我办一件事。这里,有七个十分妖艳的仙女,你尽管坐在这里,等她们一到这里来游玩,就攥住一个给我做老婆。这事办好了,重重有赏,你要什么有什么!"

"老虎爷爷,我到这里已经好几天了,可一个人也没见过呀!"

"小伙子,你刚从远处来不清楚。"老虎说,"仙女们七天才到这里一趟。明天,她们又会到这井边沐浴啦!来,把我这根缚仙绳拿去,不然,你是没法把婆娘们捆住的。"

麻露接过绳子,两腿直打哆嗦。老虎见他这样胆小怕事,便安慰他说:"小伙子,别慌张,再把这有魔力的金戒指拿去,万一遇上什么困难,在手指上把它转一圈儿,马上就有人来帮忙啦!"

交代清楚之后,老虎给麻露一大堆野味。他吃饱后便睡着了。醒来时,他觉得一身舒服,心里无忧无虑。麻露在石板上一歪,吹起笛子来了。他是在消遣的时刻里等待着仙女们到石井边来呀。悠扬的笛声激起了井面的微波,响彻了整个树林子。连麻露自己也不明白,为什么今天自己吹得这样动听!没料到仙女们已经偷偷地来到他的背后,静静地听着他那美妙的笛音。在极度兴奋中,麻露放声歌唱。于是童年的孤独、放牧的辛酸、遇仙的欢乐、流浪的忧伤、遇虎的彷徨,都沉入了他那高亢而凄厉的歌声里。歌声像一股翻腾的潭水,在仙女们的心坎上呜咽着。怜悯的心促使她们马上退回去,赶紧商量如何拯救这个可怜的青年人的命运。

最大的仙女说:"这得怪那天随便借了他的牛去游玩的小妹妹啦!我们应该想法帮助他。不过要特别小心,千万别让他那根缚仙绳碰上了。不然,就只有当老虎太太啦!"

一个小仙女说:"不怕! 我有办法可以帮助这个青年人摆脱苦难。大姐们只管放心回家吧!"

这仙女叫玛蒂,是七个仙女中年纪最轻、相貌最美的一个。她长得跟凡人一模一样。

六个仙女飞去后,玛蒂悄悄地来到了麻露的身旁,亲热地问:"阿哥,你是哪里来的? 怎么一个人愁眉苦脸地坐在这里? 我们谈谈心好吗?"

麻露打了个寒战,睁大眼睛看着玛蒂。可是他的灵魂马上被玛蒂黑溜溜的眼珠、轻柔的香发、苗条的身段和洁白的肤色完全抓住了。

玛蒂对麻露说:"阿哥呀,你要是想完全摆脱穷困,就别老想乞求别人,要用自己的手,建设美好的生活。这样,当然会艰苦些,但是你已经有一双健壮的和不怕干重活的手,我想什么事也难不倒我们俩呀,我愿意和你在一起,创造我们幸福的生活!"

"我这样丑陋,而且什么也不会。"麻露说,"何况我们彼此从来也不相识,再说想结成夫妻,到哪里去找媒人呢? 这样草草从事,阿妹呀,我觉得很不妥当啊!"

老虎一直隐藏在一旁,偷听了他们的话,它恼火起来了:

"哼,得特别小心才好,别让他们弄假成真! 这小子把老子的事给弄糟了!"

于是老虎冷不防地向他们扑了过去，但是玛蒂早把麻露拦腰一抱，朝孟嫩方向飞去了。在那里，他们找了个石洞，安了家。这对年轻人的甜蜜生活就这样开始了。玛蒂教麻露耕田、打猎和驯服野兽；教大象给他们拔树；教猴子给他们播种；教鸟类给他们捕虫；教松鼠给他们守粮……麻露日夜勤劳地深耕细作，生活逐渐地富裕起来了。夜里，妻子在机前织布，丈夫便在机旁吹笛唱歌。没多久，玛蒂生下了一个异常魁梧英俊的孩子。孩子的身材像父亲一样粗壮，肤色像母亲一样洁白。年轻的父母把他当成宝贝，日夜轮流看管。

然而有一天，玛蒂对丈夫说："麻露哥，这些日子，我们俩一起生活，共同建立了基业和创造了幸福。可是，我——你的妻子玛蒂，本来就是天上的仙女，不能长久地留在人间，现在孩子也长大了，你们父子俩已经能够相互依靠，一起下地耕作了。麻露，让你的妻子回到仙界去吧！"

说完，玛蒂便辞别了丈夫和孩子飞走了。麻露刚想开口说些什么，可是妻子已经不见了。从此，麻露和孩子孤寂地过着日子。每当看到孩子，麻露就不由得想起玛蒂。最后，因为无法压抑住对妻子强烈的思恋，麻露把驯服了的野兽赶回山里，然后背着孩子，向着他和玛蒂昔日相遇的卡窝山走去，并且在那里安下了家，他心里时刻都在渴望着自己那可爱的妻子的归来。

时间在日夜飞逝，可是心上的人儿依旧不见回来。为了减轻相思的痛苦,麻露拼命地和孩子一道,用自己的双手,不分昼夜地开山劈岭,兴建家园,把卡窝山从一片无人烟的荒凉地,改变成了一座美丽富饶的花果山。

后来,卡窝山民便用麻露的名字命名这一带地方,卡窝山从此变成了卡窝麻露山了。

家和万事兴

古时候,有个名叫西达的孩子,当他两岁的时候,父亲就去世了,由母亲辛辛苦苦地把他抚养长大。西达是个懂事的孩子,对母亲非常孝顺,也经常帮助人家干这干那,从不叫累。

西达继承了父亲的职业,以打柴为生,每天他上山打柴,然后挑到集市上去卖,几年如一日,从不间断。他积攒了一些钱交给了母亲,并对母亲说:"妈妈,现在儿子已经长大了,该成家立业了,而妈妈一天比一天年老,该享享福了,请妈妈先收下这些钱。我什么时候遇上中意的姑娘,我就给妈妈找个儿媳妇。"西达一边说,一边不好意思地笑了起来。

西达的母亲听到儿子这样说,就明白儿子的心事了,但她想,如果让儿子找媳妇,她担心娶来的儿媳不合自己的心意,于是她就告诉西达,应该让母亲为他挑选媳妇。

母子俩经过促膝交谈,西达十分理解母亲的心思,也就同意让母亲为自己挑选媳妇。

　　过了一年,西达和邻居家的一个姑娘相爱了,他把这件事告诉了母亲。母亲觉得那个姑娘还称心满意,便同意了这门亲事。

　　自从西达结婚成家以后,夫妻恩爱,婆媳融洽,日子过得挺美满,村里的人都夸西达一家幸福和睦。

　　由于西达是个英俊能干的小伙子,村里的不少姑娘也都喜欢他,当西达决定和现在的妻子结婚后,村里的其他姑娘都非常妒忌,她们无中生有,挑拨离间,诬蔑西达的妻子到处说西达母亲的坏话,使得西达的母亲对儿媳妇产生了不满的情绪。西达的母亲耳朵软,听别人一说就信以为真了,对没有过错的儿媳妇横挑鼻子竖挑眼,经常对她指鸡骂狗、指桑骂槐。起初,儿媳妇对婆婆的态度还能忍气吞声,但那些挑拨离间的人仍在变本加厉地从中挑唆,西达的母亲越来越憎恨儿媳妇,西达的妻子也就对婆婆以眼还眼,以牙还牙。婆媳之间的矛盾日趋激化,家庭的气氛失去了往日的宁静,经常骂声不断,鸡犬不宁。

　　面对家庭严重不和的局面,西达心中痛苦不堪,焦急如焚,他想起了一句古语:"让儿媳跟婆婆住在一起,就等于把魔鬼引进家门。"西达想了又想,认为这句话不全对,他觉得妻子怎么也不像魔鬼。在母亲与妻子之间,西达不偏向不袒护,因为母亲是自己的亲生母亲,没有任何理由憎恨儿媳妇,妻子也是大多数人称赞的好人,只有少数几个人说三道四,于是西达决定让村里德高望重的老人来说服调解,使婆媳关系和好,但也无济于事。

有一天,西达的妻子到野外去挖竹笋,西达就趁机问母亲:"妈妈,你真的恨儿媳妇吗?"

母亲面带怒色地说:"那还用说,要是她在家,我就待不下去,我实在看不惯她,邻居乡亲们也说她不好。"

西达说:"要是妈妈确实憎恨她,那我就把她杀了,因为留着她,妈妈得不到幸福,你同意吗?"

西达的母亲很干脆地说:"那当然同意啦,你就把她杀了吧!"

西达接着说:"那就这么办。但我请求妈妈,反正她将死,要离开我们,在她死之前,我请求妈妈尽力待好她十五天,等到满了十五天以后,我就马上把她杀了,妈妈,你看行吗?"

母亲高兴地说:"行,行,别说十五天,就是三十天、四十天都行,但你一定得把她杀了!"

傍晚时分,西达的妻子回到了家,吃过晚饭后,西达对妻子说:"你真的恨婆婆吗?"

西达的妻子咬牙切齿地说:"恨死了! 让我跟这样的婆婆在一起,我实在无法待下去!"

西达马上说:"要是你确实恨婆婆,我就把她杀了,你同意吗?"

西达的妻子答道:"那好啊! 要是她在家,每天只听到她的骂声,全家都不得安宁。"

西达接着说:"在我杀母亲之前,我先请求你一件事,反正她要死的,要离开我们了,在她死之前,你就尽力待好她十五天,等到满了十五天以后,我就马上杀了她,你同意吗?"

西达的妻子高兴地说:"行,行,多于十五天也行!"

当西达的母亲和妻子分别与西达说定以后,她们就按照各自说的话去尽力待好对方,西达看到母亲和妻子的态度与过去相比有着天壤之别。

西达的母亲积攒了一些钱,全都交给儿媳妇用,到集市上看到有漂亮的衣服筒裙,就买回来送给儿媳妇,而儿媳妇经常给婆婆做好吃的饭菜,婆婆也逢人就夸儿媳妇待她好,听到有谁说儿媳妇的不是,她就马上反驳说这不是事实。

从此,家中再也听不到婆婆的骂声,到了守戒日、敬佛日,儿媳妇主动拿了鲜花向婆婆请罪说:"在过去一段时间内,要是我有意无意对婆婆有什么过错,请婆婆多原谅,今后我再也不跟你闹别扭了。你送给我的钱,我都放得好好的,一分也没有乱花,要是想花的话,我一定先征得婆婆的同意。"

就这样,婆媳关系越来越和睦亲密,村里的人也都说,西达家的婆媳关系同以前大不相同了。

当离西达决定要杀死母亲和妻子的第十五天还有三天时,西达把父亲生前留下的一把大刀从挂在床头的刀鞘中抽出来,在磨刀石上磨了又磨,磨得锃亮,锋利无比。当他的母亲走近他身旁时,他咬着牙,瞪着眼,自言自语地说:"这一回,要让妈妈看见,我要亲自杀妻子给她看,只要妻子一回家,我就马上砍下她的头!"

正在这时,西达的妻子牵着一头水牛从外面返回家中,西达的母亲看见西达挥舞着大刀来回地跑来跑去,露出一副真要杀人的凶相。当西达的妻子正要走上高脚屋的楼梯时,西达的母亲抢先一步,冲到儿子跟前,紧紧抱住儿子说:"儿呀,快住手,千万别杀她,她是个好儿媳妇,你不能杀她呀!"西达只好收起大刀插进刀鞘,然后挂回原处。

第二天早上,西达的母亲去北村参加一个妇女满月的拴线仪式,西达取下大刀又开始磨起来,然后插入刀鞘,背在肩上,对妻子说:"今天我要杀母亲给你看,只要她回家一上楼梯我就砍下她的头!"

西达的妻子立即央求丈夫说:"千万别杀她,婆婆待我很好,很难找到像她这样好的婆婆!"

当西达的母亲正要上楼梯时,西达的妻子跑过去紧紧抱住婆婆,西达的母亲以为儿子要杀儿媳妇,也就紧紧抱住儿媳妇,两人紧紧抱在一起,互相保护,不让西达杀对方,婆媳俩互相怜惜地放声痛哭起来。

西达见此情景,把大刀插进刀鞘,站在一旁,脸上露出了欣慰的微笑。

从此,西达一家一直过着宁静和谐的生活。

淘气的孩子

很久以前，有一对夫妻生有两个儿子，大的叫陶赛，小的叫陶社。这两个孩子稍长大后，十分淘气调皮，每天吵嘴打架，在家中总能听到其中一个的喊声、哭声。父母经常教导劝阻他们，可他们总是不听，父母为此伤透了心。

有一天，父亲离家到外地去做工，家中剩下母子三人，兄弟俩又开始吵嘴打架，闹得家里鸡犬不宁，吵得四邻不安。母亲一个劲地规劝，两个儿子就是听不进去。

这时，天上的观音得知这家情况后，想调教一下这两个孩子，试探一下他们的智慧和能力。于是观音变成一个妖魔下凡，悄悄地把这两兄弟的母亲暂时藏在深山密林里。

做父亲的从外面干活回家，得知自己的妻子被妖魔抢走，心焦如焚，但不知如何是好。到了晚上，兄弟俩睡觉都梦见自己的母亲被关押在一个山洞中，正请求他们去营救。

第二天一早醒来，兄弟俩怀着对妖魔的满腔仇恨，一致商量决定去寻找母亲。他们就向父亲拜别去寻找母亲。一开始，父亲劝告他们别去，担心他们年纪还小，没有与妖魔斗智斗勇的足够本领。但兄弟俩决意前往，父亲也就同意了，并把两把一大一小的铁钳子当作武器交给他们，还再三嘱咐，一定要小心谨慎，考虑周密。兄弟俩连连点头，便告别了父亲，离家上路了。

　　一路上，兄弟俩互相照顾，披荆斩棘，历尽艰辛。一天，他们来到一个大湖边，大湖挡住了他们的去路，他们只好在湖边徘徊，正巧看见一只巨蟹躺在那里，陶赛上前就问巨蟹说："大蟹伯伯，请你告诉我们，怎么能渡过这大湖呀？"

　　当巨蟹得知他们的来意后，回答说："渡过这湖一点也不难，我只想知道，你们用什么来感谢我？"

　　陶赛想了半天，就说："我们除了随身带的两把铁钳子以外，再也没有其他东西了。你愿意要铁钳子吗？"

　　巨蟹一看到铁钳子就立即想：要是我用这钳子来改装成螯作为自卫的武器，那该有多好呀！巨蟹决定收下这两把钳子，然后驮着兄弟俩安全地渡过了大湖。

　　陶赛和陶社兄弟俩继续朝前赶路。他们来到一个山洞，这时观音已变成一位白发老翁住在山洞中。当得知这兄弟俩的来意后，观音就对他们故意编造说："我住在这个山洞已经很久了。有一天，我走出山洞去寻找吃的，当我回到山洞时，就看见有人带来了一位妇女寄住在我这里，这个人还告诉我要好好照顾那位妇女，还说将有两个孩子要来寻找那位妇女。"

老翁刚说完,陶社马上说:"你说的那位妇女可能就是我们的妈妈,我们就是来找我们的妈妈的,老大爷,让我们去见我们的妈妈好吗?"

老翁一口答应说:"行呀!但你们必须得赢我!"

陶赛马上问道:"那你要我们怎么做?"

老翁慢条斯理地说:"我将躲在离这里不太远的一个村寨,然后你们来找我,要是你们找到我,就让你们去见你们的妈妈。"

兄弟俩听了只好照办。当白发老翁进村好一会儿以后,兄弟俩就一起去寻找。当他们到了村子后,看见一只被圈套夹住的鹧鸪鸟,鹧鸪鸟的腿被圈套的绳子捆住了,正拼命挣扎着,发出痛苦的哀鸣。兄弟俩二话没说,立即把圈套的绳子从鹧鸪鸟的腿上解下来。鹧鸪鸟得救了,向兄弟俩表示深切的感谢,在临飞走之前,它嘱咐他们说:"以后,如果你们需要我帮助的话,只要呼唤我的名字就行了。"

兄弟俩在村子里继续寻找白发老翁,他们走遍了村子的每个角落也没有发现白发老翁,他们疲惫不堪,在村边的一棵番石榴树下坐下来休息。陶社抬头看见一个熟透了的番石榴正挂在树梢上,就想用树杈钩摘下来吃。他先问哥哥陶赛,陶赛同意后,陶社就找来树杈准备钩摘。当他刚举起树杈接近番石榴时,就听到有人说话的声音:"别、别摘,我是老大爷呀!"起初,兄弟俩感到很愕然,后来当明白是老大爷变成番石榴后,他们俩又咯咯地笑了起来。

白发老翁从番石榴树上下来后,就竖起大拇指夸他们:"你们很聪明、很能干!现在我将去村外的草原再一次躲起来,如果你们能找到我,你们就可以见到你们的妈妈了。"

兄弟俩只好又照老翁说的话去做。到了约定的时间,兄弟俩来到一望无际的草原去寻找白发老翁,但除了见到一群马正在吃草外,一个人影也没有。

陶赛一下子醒悟,对弟弟陶社说:"上次老大爷能变成番石榴果,这次他同样能变成马!"弟弟听了觉得有道理。他们仔细观察那一群马中的每一匹马,陶社发现其中有一匹马特别瘦,就举起鞭子对这匹马喊道:"躺下!"那匹马乖乖地躺了下来。陶社又扬起鞭子,做成要抽打的样子喊道:"站起来,围绕我跑三圈!"那匹马又很顺从地做了。当那匹马停下来时,陶社非常自信地喊道:"老大爷,你快出来吧,否则,我真的要抽鞭子了!"

白发老翁发觉陶社已知道底细了,就一下子走出来不得不认输,然后带他们兄弟俩去山洞中见他们的母亲。兄弟俩对白发老翁说:"这回我们要带我们的妈妈一起回家!"

老翁一听,放声大笑说:"那可不行!你们已经跟我说定了,只请求去见你们的妈妈,并没有说好要把你们的妈妈带回家呀,是吗?"

兄弟俩哑口无言，直后悔当初因太着急，考虑不周。白发老翁见他们兄弟俩沉默不语，便带着鼓励的口气说："你们很聪明又能干，但考虑得不周到，要把你们的母亲带回家，这并不难……"

陶赛打断白发老翁的话说："你是不是还要让我们跟你比试一次？"

白发老翁点头说："对了！要是这回你们赢了，你们就可以把你们的母亲带回家！"说完，他就把满满的一箩筐晒干的玉米粒用力泼洒在草地上，然后对兄弟俩说，"你们怎么做都行，只要在太阳下山之前，把所有撒落在草地上的玉米粒都拾起来放进原来的箩筐。"

兄弟俩见此情景，面面相觑，觉得这对他们来说是个很大的难题。这时，太阳已经偏西了，陶赛对陶社说："要是光靠我们俩自己捡，恐怕到明天后天也捡不完。我们应该请鹧鸪鸟来帮忙，说不定鹧鸪鸟真的会来帮我们呢！"

陶社听了连连点头说："这是个好主意。"

于是兄弟俩呼唤鹧鸪鸟的名字，鹧鸪鸟听到后立即飞来了，当得知兄弟俩的难处后，它就飞出去呼叫在各地的许多同伴来一起商量决定，必须在太阳下山之前，把所有撒落在草地上的玉米粒统统捡起来，放入原来的箩筐中去。

这时，有一只鹧鸪鸟疑惑地问道："我们能捡得完吗？"

另一只鹧鸪鸟非常自信地说："只要我们团结一心，专心致志，一定能完成!"

成千上万只鹧鸪鸟齐心协力帮助他们兄弟俩,没过一会儿,就把玉米粒全捡完了,并装进了原来的箩筐。

白发老翁见了,十分高兴,就准备了两桌饭菜招待陶赛和陶社兄弟俩。第一桌饭菜有糯米饭、牛肉干、竹笋汤;第二桌饭菜有糯米饭、鱼肉酱、嫩藤尖。

白发老翁对他们说:"你们一定很饿了,我为你们各自做了一桌饭菜,你们喜欢哪一桌,就随便挑着吃吧!"

饥饿的兄弟俩毫不迟疑地走向饭桌,当他们发现两桌饭菜不一样时都停住了,谁也没有先动手。哥哥陶赛让弟弟陶社先挑选,而弟弟陶社把两桌饭菜合并成一桌,然后两人津津有味地吃了起来。

白发老翁见此情景,装作惊讶的样子问道:"你们为什么不照我说的一人吃一桌呀?"

陶社马上说道:"老大爷,请原谅我们没有照你的话去做,因为我们看到两桌饭菜不完全一样,就想,我们兄弟俩从一条路上一起走过来,就应该吃在一起,住在一起才对。另外,也想让我们的妈妈知道,现在她的儿子懂得团结友爱了,不再像以前那样吵架不和了。"

白发老翁听了哈哈大笑,连连夸他们说:"好极了,你们越来越聪明,越来越懂得团结了。今后你们必须更加亲密友爱,就没有任何敌人能战胜你们,你们的父母再也不会被妖魔抢走了!"

兄弟俩吃完饭后,向白发老翁道谢告别,然后带着母亲高高兴兴地回到了自己的家。

妻子的功劳

古时候,有个名叫甘朴的孩子,从小就失去了母亲,由父亲一手抚养。从懂事时起,甘朴就喜欢到野外捕捉野鸡。捕到一只野鸡后,他就用那只野鸡作为囮鸡来引诱同类的野鸡。每次进山,甘朴都用这种方法捕捉到很多只野鸡,村里的人都称之为捕捉野鸡的能手。

甘朴勤劳俭朴,为人正直,平时除了耕田种地以外,就喜欢外出用囮鸡去捕捉野鸡,因此,他对囮鸡格外珍爱,把它饲养在高脚屋下的鸡笼里。

甘朴长大成人后,与同村的一个名叫波韶的姑娘结婚成家。波韶聪明美丽,又善解人意。过了几年后,他们有了四个儿女,他们一家跟乡亲们一样,不愁吃,不愁穿,过着安居乐业的日子。波韶在家务农,而甘朴也始终没有放弃捕捉野鸡的爱好。

波韶看到自己的丈夫整天醉心于捕捉野鸡,就对丈夫说:"眼下,耕种季节又来到了,乡亲们都准备耕田犁地,而你整天迷恋于捕捉野鸡,恐怕不太合适吧。我想你应该停下来几天,抽空去关照一下田地。今年,我们一起动手耕种,像乡亲们一样,不要误了农时!"

甘朴听了,觉得妻子说得有理,也就听从了。第二天一早,他本想去捕捉野鸡,但一想到妻子的话,就准备了犁耙等农具,牵着一头长着弯而短角的大水牛,向水田走去。他犁完地耙好田,又撒下稻种育好秧,然后坐下来休息,心中感到无限喜悦。

这时,一位县官来到甘朴的村子巡视,得知有个捕捉野鸡的能手甘朴,就想品尝野鸡的美味,还想带回几只野鸡让夫人和儿女也一起品尝。

县官来到了甘朴家,甘朴的妻子波韶热情地接待了县官。当得知县官的来意后,波韶就对县官解释道:"啊呀,县官您今天来得真不凑巧,孩子他爸今天没有去抓野鸡,他到田地干活去了,以前抓到的野鸡也早已拿出去卖光了。"

这时,县官一眼看见了饲养在高脚屋下鸡笼中的一只闷鸡,就指着那只闷鸡对波韶说:"这只鸡看起来很像野鸡,就杀那只鸡给我吃吧!"

波韶听了,心里一怔,知道那只鸡是丈夫精心喂养的心爱的闷鸡,但面对有权有势的县官,波韶也顾不上那只闷鸡了,只好狠下一条心,宰杀了那只闷鸡,做成了一道美味佳肴款待县官。县官心满意足地饱餐一顿之后就到别家巡视去了。

太阳下山时,甘朴牵着水牛走在回家的路上,小鸟也唱着婉转的歌飞回鸟窝,微风轻轻地吹来,他感到心旷神怡,不由得哼起在他单身时去捕捉野鸡的路上常哼的南岸河小调来:

> 啊！姑娘呀,你的双眸像雉鸡眼睛一样乌亮,
>
> 你的笑颜如仙女一样漂亮,
>
> 你摆动着洁白的玉臂,如同白象行走时那样从容端庄。
>
> 啊,姑娘呀,你未开口,就先把微笑送上……

甘朴哼了几遍这首小调,不知不觉来到了自己的家门口。他把水牛拴在木桩上,然后急忙奔向高脚屋下的囡鸡笼,忽然发现只剩下一个空鸡笼,里边的囡鸡无影无踪,他便向妻子吼道:"我的囡鸡哪儿去啦?!"

妻子迟疑了一会儿,只好如实相告丈夫:"我把它杀了给县官吃了。"

甘朴一听,不由得火冒三丈,尽管他以前从没有骂过妻子一句,但今天,他把所有的恶骂声一齐泼向妻子,同时,他又痛骂那个县官:"该死的县官,你哪一样东西不可以吃呀,偏要吃我唯一的一只囡鸡！你这个该死的家伙,你跟我有什么冤仇呀?!"甘朴边说边痛心疾首地哭喊着。他转过身来,又对妻子骂道,"你怎么那样狠心呀,害死了我的心肝宝贝！"说着便抄起木棍要追打妻子,但一想

到自己从未动手打过妻子,他不由得又放下了手中的木棍,但他那发怒的样子真像是想把妻子一口吞下。

波韶看见丈夫凶神恶煞般的样子,浑身发抖,急忙奔出家门,风风火火地找到了县官,县官疑惑不解地问道:"你家究竟发生了什么事呀?"

波韶哭诉着说:"我丈夫又骂又要打我。"

"那是为了什么呢?"

"就是因为我杀阄鸡给您吃了。"

"是为这件事吗?真想不到你丈夫甘朴这么小气!"

波韶立即机智地答道:"不是的,不是的,他说我家里有满圈的肥猪、满棚的肥牛,为什么不杀一头肥猪或一条肥牛,却杀一只小鸡来招待县官呢?真是太不体面了,为此,他对我大发雷霆。"

县官听后,频频点头,觉得甘朴对他十分尊重和拥戴,便当场决定要奖励并重用甘朴,封他"帕耶"的官衔。

甘朴独自一人坐在家里怒气未消,妻子回家后,对丈夫转告了她与县官所说的话。甘朴听了转怒为喜,心悦诚服地称赞妻子聪明机智。

第二天,县官召集了全村的人,当众宣布:"从今天开始,甘朴被任命为帕耶!"

村民们知道这事的底细后,纷纷说:"甘朴当帕耶是妻子的功劳!"从此,这句话就成了老挝民间的一句谚语被流传了下来。

父亲的力量

从前,有个名叫沙耶的王子,率领着他的臣民,迁移到一个更加富饶的地方去定居,准备重建国家。

一路上,千里迢迢,困难重重。王子觉得随同的老人是负担和累赘,就下令要把所有的老人统统杀光,谁敢违抗,谁也得被处死。

一个名叫奚汉的大臣,不忍心杀死自己的父亲,便悄悄地把父亲藏在一个大皮包里,带着他一起上路。

傍晚时分,大队人马来到一条大河边,王子命令就地休息。一个官员看见河底有一个闪闪发亮的东西,仔细一看,原来是只美丽无比的金杯,他连忙禀告了王子。

王子下令派人去捞金杯,但派了很多人,都是有去无回。最后,王子派奚汉去捞,奚汉悄悄地向父亲告别。

父亲急切地问道:"出了什么事?"

奚汉叙述了事情的经过。

父亲一听,无限惋惜地说:"哎呀!为了那只金杯,那么多人白白地去送死,太不值得了。实际上,那只金杯根本不在河底,而是在附近的高山顶上,水中的金杯不过是它的倒影罢了。"

奚汉问:"那山又高又陡,很难爬上去,该怎么办?"

父亲说道:"你躲在山脚下,等到羚羊、鹿群跑过来时,你大喊一声,动物受惊,往山顶奔去,就会碰到金杯,这样金杯便会顺着山坡滚下来,你捡回来就是了。"

奚汉照着父亲的话去做,果然得到了那只金杯,献给了王子。

队伍继续前进,当来到一片漫无边际的沙漠地带时,人们口干舌燥,惶恐不安。奚汉私下和父亲商量怎样找到水源。

父亲告诉他:"你把那只三岁的黄牛放出去,跟着它,当看到它在哪儿停下来低头闻土时,你就在哪儿往下挖,一定会找到水的。"

奚汉又照着父亲的话去办,果真如愿以偿,找到了水源,解救了大家。

大伙儿又往前赶路,不巧一连遇上了好几个下雨天,烟火断绝,人们啼饥号寒,束手无策。有一个人望见远处山顶上火光闪闪,禀告了王子。王子派人去取回火种,但在半路上,火种被大雨浇灭了。这时,奚汉又悄悄地请教父亲。

父亲告诉他:"只要把烧红的木炭放在封好的灰袋中取回来,火种就不会熄灭了。"

奚汉再次按父亲的话去做,成功地引来了火种,搭救了忍饥受冻的人们。

王子对奚汉的聪明才智感到迷惑不解,再三追问奚汉。奚汉不得不说出了实话:"这都是我父亲出的点子。"

王子惊奇地问:"你的父亲?他在哪儿?"

奚汉说:"我违反了您的命令,没有把父亲杀死,把他藏在一个大皮包中。"

王子对奚汉说:"你做得对!当初我下的命令是完全错误的,造成了难以挽回的损失。老人不是我们的负担和累赘,他们的知识比我们丰富,他们的经验比我们丰富,我们应该尊重他们、保护他们才对。"

姐妹俩的不同命运

从前,有一对夫妻结婚多年后才先后生了两个女儿。不久,妻子因病去世,两个女儿由父亲含辛茹苦地抚养成人。当大女儿长到十六岁、小女儿长到十五岁时,父亲教她们种地耕田、养蚕种桑等农活。

一天,姐妹俩一起去山坡上开垦荒地。妹妹十分勤劳,她一锄一镐地把荒坡上的灌木杂草都铲光烧成灰,使之成为一块可耕种的农田,她一直干到汗流浃背也不愿休息。而姐姐懒惰贪玩,看见林中有猴子跳过来,就跑过去逗引猴子玩耍。太阳快下山了,妹妹大声呼叫姐姐,要她赶紧回家,姐姐正和猴子玩得起劲,对妹妹置之不理,妹妹只好一人独自回家。当路过一条清澈的小溪时,妹妹就走下去痛快地洗了澡,并换上了干净的衣服,然后回到了家。

这时,天色已经黑下来,只顾逗猴子玩耍的姐姐看到自己要开垦的荒地上一棵小树也没有砍下,杂草也没有铲光,仍然是一片荒地,便担心妹妹回家后向父亲告发她没有干活,父亲一定会生她的气。于是姐姐想出了一个馊主意,她来到妹妹开垦过的有草木灰的荒地上,躺下来滚了几滚,弄得浑身上下都是黑乎乎的,然后气喘吁吁地跑回家对父亲说:"爸爸,妹妹丢下我先回家,她什么活也没有干,你看她身上干干净净的,而我一直在干活,直到现在才回家,你看我身上又黑又脏!"

父亲听了大女儿这么一说,又看了看两个女儿穿的衣服,便信以为真,不分青红皂白地教训了小女儿几句。而小女儿心里极为明白,默默地听着父亲的教训,一句话也不申辩反驳。

为了教两个女儿学会织布,父亲特地为她们每人做了架木制织布机。

姐姐把织布机放在家中鸡笼鸭舍旁边,每隔好几天才去摸一次,过了很久,不但她没有学会织布,而且原来架在织布机上的干净鲜艳的纱线、丝线也都沾满了鸡屎鸭粪。

而妹妹把织布机放在屋前的路口上,佧族人经过时,她就向佧族人请教;越侨人经过时,她就请越侨人指点。过了不久,妹妹就能织出各式各样漂亮的布匹来。

姐姐见了,非常眼红,就偷偷地把妹妹织布机上织成的布匹换下来。到了过节或赶庙会时,妹妹还是没有漂亮的布料做新衣。姐姐就对父亲说:"妹妹在路口的织布机上织布,什么也没有织成。佧族人经过,佧族人就把纱线拉断了;越侨人经过,越侨人就把丝线扯去了。"

父亲听了又信以为真,就教训小女儿说:"做什么要学你姐姐的样儿,做一件事就要成一件事。"

又过了几年,两个女儿都结了婚成了家有了孩子,过着各自的生活。一天,父亲想去看看两个女儿女婿。他先到了大女儿家,当他一进大女儿的家门,就看见屋内满地狼藉,杂乱无章,连坐的一块地方也没有,再看看那几个外孙、外孙女个个都穿着褴褛、满脸污垢,看他们睡的地方也脏乱得像兔子窝、狗窝,浸泡了很久的糯米也没有舀起来春。他实在待不下去了,便怀着非常失望的心情告辞了大女儿和女婿,来到了小女儿家。

当他一到小女儿家门前的院子,就看到院子平整干净,周围种着各种各样茂密的果树,枝头上挂满了成熟的果子。在高脚屋下,有一头大肥猪正躺在地上,仰着肚子给许多小猪崽喂奶,又听到喔喔不停的鸡叫声。小女儿马上出门热情地迎接父亲进屋,又拿出各种各样丰盛的食品来款待他。父亲还看到几个外孙、外孙女一个个长得白白胖胖、干干净净,都穿着漂亮的新衣服。父亲高兴得流下了激动的眼泪。这时他才醒悟到自己过去偏信懒惰的大女儿的话,而错怪了勤劳正直的小女儿。

陶努东的爱情

从前有个名叫陶努东的小伙子,他是个远近闻名的芦笙手,会吹一百二十四支曲子,还会表演难度很大的舞蹈动作,他能用一只脚站在树墩上边吹边舞,吹奏十几支曲子也不用换脚。更令人惊奇的是,他能用一只脚站在沸腾的开水锅的锅盖上悠然自得地吹奏芦笙。

不久,陶努东的父母相继病死,陶努东一个人住在一间破旧的茅草屋里,过着孤苦伶仃的生活。

有一年,村里的人们正欢度新年,气氛十分热闹。姑娘、小伙子们个个穿红戴绿,喜气洋洋,还准备了各种各样美味的食品,前往集合的场所。而衣衫褴褛的陶努东,自觉寒酸不敢出门,待在家中,他用锅烟子把自己的脸涂得黑不溜秋,坐在家门口劈篾。

许多姑娘、小伙子络绎不绝地路过陶努东家的门口去过节,当有一位名叫依由欧的姑娘走过他家门口时,陶努东对她喊道:"喂,漂亮的姑娘,等你过节回来路过我家时,请带给我一点好吃的东西吧!"

依由欧听了,一边看着他,一边挖苦地回答说:"哎呀!像你这么丑、这么黑的人,只有鬼才会给你东西吃。"说着她扭头就走开了。

一个名叫依由诺的姑娘接着走过来,陶努东又向她请求,但她和依由欧一样,讽刺陶努东一番后,便扬长而去。

另一个名叫娘高诺的姑娘走来,陶努东又试着向她请求。娘高诺十分同情地回答说:"我一定带回东西给你吃。"到了傍晚,娘高诺过节回来,果真带回一包牛肉干送给陶努东,陶努东对她十分感激。

第二天,那三个姑娘又先后路过陶努东的家门口,陶努东又向她们请求,但遭到依由欧和依由诺两人的再次拒绝,只有娘高诺回答说:"我将带粽粑给你吃。"

三个姑娘走后,陶努东赶紧洗了澡,把脸擦得干干净净,然后穿上母亲生前为他缝制的一件新衣去过节。在人们集合欢度节日的场地上,许多青年男女都各自表演精彩的文艺节目。陶努东表演了芦笙独奏,他那悠扬动听的芦笙吹奏声和美妙的舞姿,吸引了在场的每一个人。依由欧和依由诺两个姑娘也看得入了迷,对陶努东十分敬佩,并对他爱慕起来。

陶努东表演完后,依由欧和依由诺两人挤过人群,走到陶努东面前做出一副谄媚的姿态,争着让陶努东娶自己为妻。但陶努东对她们说:"对不起,我到这里来是吹芦笙的,不是来找妻子的。"尽管这样,这两个姑娘还是纠缠着陶努东寸步不离,使得陶努东不能脱身。后来陶努东找了一个借口对她们说:"我吹芦笙又累又渴,请你们给我找点水来喝!"

在她们两人去找水的时候,陶努东趁机离开了那里,迅速跑回家,然后又把锅烟子重新涂在脸上,换上破衣服,跟原来那样坐在家门口劈篾。依由欧和依由诺两人打水回来不见陶努东,到处寻找也不见踪影,只好悻悻而回。在回家的路上,她们路过一间破旧的茅草屋,看见一个满脸乌黑、身穿破衣的男子坐在门口劈篾,没有认出他就是陶努东,于是上前问道:"喂,你看见一个拿着芦笙的小伙子路过这里吗?"陶努东若无其事地回答道:"没有,谁也没有看见。"两个姑娘破口骂道:"你这个黑鬼,笨头笨脑的,有人路过你家门口也没看见。"接着两人便匆匆离开了。

第三天,陶努东又擦去脸上的锅烟子,打扮得干干净净、整整齐齐,拿起芦笙又去人们集合的场所吹奏芦笙,依由欧和依由诺两个姑娘立即走过来观看。吹完芦笙后,陶努东请她们两人为自己找水来喝。为了不让陶努东偷偷溜走,依由欧一个人去打水,依由诺则留下看守陶努东。后来,她们又一直跟着陶努东回到家里,这时,她们才发现他就是衣衫褴褛坐在家门口劈篾的那个黑脸穷人。由于她们特别爱听他吹奏芦笙,就争着要嫁给陶努东。

这时,娘高诺姑娘回来也路过陶努东的家,她给陶努东带来了鱼、肉等食品,她对陶努东十分同情,愿意与他终生为伴。陶努东对她也非常爱慕,但为了不让依由欧和依由诺失望,陶努东对她们三个姑娘说:"你们三个人中谁做饭做得香,我就娶谁为妻。"依由欧听后,第一个出来抢先做饭,正当她把米放进锅里生火做饭的时候,陶努东拿起芦笙吹奏起来,悦耳的芦笙吹奏声使得依由欧听得如醉如痴,以致饭烧焦了她都没有发觉。轮到依由诺做饭时,她怕饭再次烧焦,便一开始用微火煮,但由于她也沉醉在陶努东的芦笙吹奏声中,以致忘记了继续添柴,饭没有熟透,成了夹生饭。轮到娘高诺做饭时,不管陶努东吹的芦笙怎么动听,她都没有忘记做饭的活儿,最后,饭煮熟了,散发出诱人的香味。依由欧和依由诺两人见此情景自愧不如娘高诺,便灰溜溜地回家了。

从此以后,陶努东和娘高诺结为夫妻,他们一直相亲相爱,过着幸福美满的生活。陶努东吹奏的芦笙也越来越动听了。

一个好人的故事

从前,有个名叫陶甘培的穷孩子,从小就失去了父母,而亲戚们也没有一个来抚养他,他只好来到寺庙。

和尚师父们看到陶甘培是个懂事听话的孩子,干活勤快,学习又用心,都像父母对待孩子一样对待他。寺庙的方丈也非常喜欢陶甘培,还教会他各种经文咒语和符箓。

村里的人们也都喜欢陶甘培,然而陶甘培的亲戚们都远离他,对他置之不理,担心陶甘培长大以后要求继承他父母留下的遗产。

陶甘培从和尚师父们那里学会了许多种咒语和本领。只要他一念咒语,就能吹起狂风。风吹向森林,树木就会折断倒地;吹向江河,水面就会掀起漩涡巨浪。

有一天,七百艘商船浩浩荡荡地沿湄公河扬帆顺流而下,最后在陶甘培所在的寺庙岸边停靠下来,船长和船员们都纷纷搬运所载的各种商品下船,在沿岸销售,生意做得十分红火。

不料,河水很快退潮,七百艘商船全部搁浅在岸边,船长和船员们都焦急万分,便一起动手用力推拉商船,可是哪一艘商船都纹丝不动,他们请来了当地许多老百姓帮忙,也无济于事。

陶甘培路过这里看见了,对那些推船的人说:"哎呀,你们怎么那么多人推呀拉呀的? 这件小事,我只要轻轻吹一口气,就能成功。"

船长听见这个不起眼的孩子竟然说出这样狂妄的话语,十分恼怒,便说:"嘿! 这小子口出狂言,竟然这样蔑视我们,快来人呀,把这小子抓起来杀了!"

船长命令船员们抓陶甘培,船员们一拥而上,抓住了陶甘培,并把他捆绑起来要杀他的头。

但陶甘培毫不畏惧地说:"你们真的要杀我,那就请你们先带我去向我的伯母、姨妈告别一下,一旦见到她们并向她们都告别了,我就是趴着死也不后悔,就是侧着死也无怨言,就是沉河而死,也就等于洗个凉水澡。"

船员们听了不耐烦地说:"走,走,你指路,我们牵你去!"

船员们就把陶甘培带到他的伯母家,伯母见了,一口否定陶甘培是她的侄子;到了姨妈家,姨妈见了,也一口拒绝陶甘培是她的外甥。她们还都对船员们说:"你们是从哪里找来这个不三不四的孩子冒充是我们的亲戚,赶快给我滚,他绝不是我们的亲戚,这个惹是生非的孩子,我们可不愿意受他的连累呢!"

陶甘培无可奈何,请求船员们带他去寺庙,向他的方丈师父告别。船员们就把陶甘培带到寺庙。

方丈见了就问船员："你们来干什么的？为何把陶甘培捆绑起来？"

一个船员滔滔不绝地说开了："这个小子口出狂言，冒犯我们船长的尊严，说什么只要轻轻吹一口气就能把我们所有搁浅的商船一下子推向水中，我们成百上千人都推不动，拉不动，他一个人怎么能行呢？"

方丈说："那你们让他按所说的去做了吗？"

船员们脸有愧色地回答："还没有。"

方丈接着说："那就先让他按所说的去试试吧，要是他确实做不了，再杀他也不迟。"

一个船员说："好，就这样决定，就让他先试一试，但请师父一起跟着去做证。如果他做不了，我就用这把刀砍下他的头！"那个船员边说边举起手中的砍刀在方丈面前晃了几下。

于是他们一起来到了码头边，只见码头边上人山人海，挤满了看热闹的人群。一个船员把陶甘培牵到船长面前，把事情的经过说了以后，船长就当众大声说："现在把陶甘培带上来，让这小子试试他所说的本领，要是做不了，就砍下他的头！"

陶甘培十分镇静地说："如果我真的做不了，就由你们随便处置。但如果我能做到，你们将怎样回报我？"

船长说："你要什么都行。在我们七百艘商船上装满了许许多多值钱的东西,有金银珠宝,有吃的穿的,世上一切应有尽有。要是你确实做到了像你所说的那样,我一定分给你一半。"

陶甘培说:"好!我请在场的所有乡亲们和师父一起给我做证。"

陶甘培一说完,口中念念有词,然后把臀部对准正在搁浅的七百艘商船,从两腿间喷射出一股强大的气流,顿时,搁浅的商船神奇般地纷纷移动下水。从岸上的人群中,响起雷鸣般的鼓掌声和喝彩声。

船长亲眼见到这情景,对陶甘培的高强本领佩服得五体投地,并信守诺言,立即吩咐船员们从七百艘商船上卸下一半财物,当场送给陶甘培。

陶甘培一下子得到了这么多的财物,就马上分送给前来看热闹的人们以及在他穷困时曾接济帮助过他的村民们。

从此,这一地区的人们由于陶甘培的恩惠过上了富裕的日子,而那些拒绝认他为侄子、外甥的没有帮助照顾他的亲戚们,再也没有脸面从陶甘培那里分得一点财物。

最后,船长决定把陶甘培带回家,并把女儿许配给他。船长去世后,陶甘培就继承了船长遗留下来的万贯家产。

圣　水

　　古时候,有一个名叫陶沙普的穷苦孤儿,在七八岁时,他就靠乞讨为生。他到那些穷人家乞讨,讨来的东西总是不够吃;到那些不友善的富人家乞讨,常遭人白眼和恶骂。陶沙普忍受不了这种耻辱,就想学开荒种地,但是他既没有柴刀,也没有斧子和农具,在他住的草棚里只有一张弓和一支箭,这是父亲遗留下来的唯一财产。

　　陶沙普只好又去乞讨。一天,当他到村长家去乞讨时,村长走出来恶狠狠地对他骂道:"你这个穷小子,以后再也不许你到我家来,你要是不想死,就立即滚出这个村子,别让我再见到你!"陶沙普心惊胆战地跑回家,背起弓箭,向森林里漫无目的地走去。走累了他就坐下来休息,饿了他就采些野果充饥。

　　第二天,陶沙普看见一只鹧鸪鸟飞到附近的树枝上,心想把它射下来烧着吃,就举起弓箭,把鹧鸪鸟射了下来。当他收拾鹧鸪鸟准备煮着吃时,发现鹧鸪鸟的嗉囊里有许多没有消化的稻谷,他就把那些稻谷小心翼翼地收集起来,然后找来一块锋利的石块,砍下周围的杂草小树,开垦出一小片荒地,再把稻谷种下去。经过精心的管理,很快长出了苗壮的稻秧。过了一段时间,稻子成熟了,陶沙普高兴地收割起来,他把所有的稻谷收藏好,一粒也舍不得吃,只为留下做种子。他每天仍然吃野果野菜,他知道现在的几粒稻谷日后可变成一堆、一筐稻谷。

他继续开荒,扩大耕地。第二年,他把所有收获的稻谷作为种子全部种下去,到了收获季节,他所收割的稻谷比上一年多了好几倍,除了留作种子外,陶沙普一个人一年也吃不完。第三年,他又扩大耕地,所收获的稻谷更多了,以致没有地方储藏,他就把稻谷储藏在树洞和山洞中。每天,陶沙普还必须防备野兽、野鸟来破坏糟蹋自己辛苦劳动得来的稻谷。

有一天,陶沙普看见一群麻雀飞来吃他藏在山洞中的稻谷,就对麻雀说:"喂,麻雀,你们凭什么随便吃我的稻谷? 你们是否知道,我是多么穷苦,连开荒用的柴刀、斧子也没有,连用来做种子的一粒稻谷也没有。如今我用石块做柴刀辛苦地开垦出了一片农田,终于收获到了稻谷。你们怎么也不跟我说一声就随便来吃呢?"

一只领头的麻雀回答说:"你是勤劳善良的人,不管怎样,我们错了,我们没有事先告诉你,就来吃你的稻谷,请你多多原谅。因为我们不像你懂得种地,就让我们吃一点吧! 我们一定报答你的恩情。"

陶沙普一听,立即回想起自己忍着饥饿去乞讨时受人鄙视挨骂的日子,便非常同情这群麻雀,就让它们痛痛快快地吃个饱。在这群麻雀飞走之前,那只领头的麻雀把一粒金稻谷送给陶沙普,并说道:"你是个好心人,我送这颗神奇的金稻谷给你,以报答你的恩情,你就把它放入藏有稻谷的山洞里,你将得到你所要的一切!"说完,麻雀便飞进了林中。

当陶沙普把那颗金稻谷放在山洞中时,立即出现了一潭清澈的泉水。他十分惊奇,就捧起这泉水一连喝了三口,顿时他感到浑身是劲;他看着自己在水中的倒影,俨然是一个英俊魁梧的青年,他感到十分得意。

有一天,一个猎人打猎射得了两只麂子,他背起两只死麂子返回家时,路过陶沙普藏有金稻谷的山洞,就捧起山洞中的泉水来解渴,还用泉水冲洗麂子身上的血迹。当水滴刚一落到麂子皮上时,两只麂子立即苏醒复活了,猛地站起来向林中奔去。猎人眼疾腿快追赶过去,他感到浑身是劲,飞快地追赶着,但没有麂子跑得快。当他一直追赶到陶沙普的田舍旁时,经过询问,陶沙普告诉他:"这山洞里的水是圣水,死去的人或动物如果喝了这水,或用这水冲洗,就会复活,相貌难看的人喝了就会变得漂亮,虚弱疲惫的人喝了就会变得强壮有力。"

猎人得知这事后,就想把圣水带回家用,但是无论用什么器具来盛,圣水都会漏出来流回原地。当猎人知道不能把圣水带回家时,就把山洞中有圣水的事禀告了国王。国王听后,心中大喜,因为国王的女儿已经病了好几个月,虽然请了好多医生,开了很多药,但都没有治好公主的病。现在公主的病情日益严重,她已奄奄一息了。国王立即命令人去把陶沙普找来觐见并索取圣水。当陶沙普带着圣水来到王宫后,国王马上拿出金银珠宝来换取陶沙普的圣水。但陶沙普摇摇头,表示不要报酬。国王让陶沙普去看已经病入膏肓瘦成皮包骨的公主,陶沙普看了十分同情,立即把随身带来的竹筒里的圣水慢慢滴入公主的嘴里。一连滴了三滴之后,奇迹出现了,公主一骨碌从床上坐了起来,看上去公主脸色红润,丰满美丽,神采奕奕。她与陶沙普谈笑风生,并向他表示由衷的感谢。

国王见此情景,喜出望外,立即命令全国臣民敲锣打鼓为陶沙普和公主举行盛大的拴线庆贺仪式,并决定让陶沙普当驸马。陶沙普当场表示不敢当,他对国王说:"我独自一人在林中生活惯了,不习惯在王宫中生活。"国王问陶沙普:"为了报答你的恩情,让我拿什么来给你呢?你想要什么就随便说吧,我都能满足你!"陶沙普说:"我什么也不想要,只需要柴刀、斧子,用它们来耕田种地!"

国王就让陶沙普随便挑选他所需要的柴刀、斧子、锄头等农具。陶沙普得到这些农具后,高兴地回去继续开荒种地。那一年,由于有了锋利好使的农具,陶沙普顺利地开垦了三个山头的荒地,小鸟不停地飞上三天,才能围绕陶沙普开垦的荒地飞一圈。

　　陶沙普收获到许许多多的稻谷后,就分给当地所有穷苦挨饿的老百姓。当地的老百姓流传说,陶沙普去世后,变成了一座缸形大山,在这缸形大山中装满了陶沙普所收获的稻谷。人们一直铭记着、颂扬着陶沙普的恩情。

正义的纳信

很久以前,有个苗家的穷苦孤儿,名叫纳信,当他长成小伙子时,成了全村有名的射箭能手。他能射中空中的飞鸟,射中奔驰的野兔,射箭从不落空。凡是到他的田地偷吃稻谷的野兽,都被他射中吃了,仅剩下一只非常凶恶狡猾的猴王。在这之前,有只猴王曾带领一群猴子经常偷吃纳信的田地里的稻谷,但群猴都被纳信射死了。于是猴王和他结了仇,总想寻找一切机会进行报复。

有一天,国王外出巡游打猎,猴王以为报复纳信的好机会来了,就很温顺地走到国王跟前说:"尊敬的国王,我独自生活在密林中已经很久了,感到非常寂寞,我再不愿在密林中待下去了,请国王可怜可怜我,收养我去为您效劳吧!"

国王一听这只猴子会说人话,很感兴趣,便同意收养它,把它带回王宫。

猴王到了王宫后,得知王后病重好长时间了,尽管国王请了御医为王后治疗很多次,但不见好转。于是猴王对国王说:"王后病得可不轻呀，如果再不及时治疗，那就危在旦夕了！"

国王问猴王："那你有什么方法能治好王后的病？"

猴王一本正经地说："王后得的这种病，在这世界上，除了服用曾吃过成千上万只动物肝的人的肝以外，再也没有别的什么药能治好了。"

国王问："那你知道，谁是吃过动物肝最多的人吗？"

猴王不假思索地答道："那就是住在那边山上田舍中的打猎能手纳信了。"

国王听了，当即决定派人把纳信找来要为王后治病。

纳信每天还是照样外出打猎。一天，他去打猎时，看见路边有一条大蛇正盘绕在白蚁窝的土堆上孵卵，他知道这是一条曾经咬死咬伤过许多人的毒蛇，就立即朝它搭弓射箭，但是箭射偏了，这是他打猎以来第一次失手，大蛇惊慌失措，丢下五枚蛇卵，迅速游离而去。纳信觉得十分遗憾，就把五枚蛇卵全部敲裂，然后回家了。

第二天，纳信又去那里打猎，又看见那条大蛇正在孵卵，就举弓朝它连射三箭，可是一箭也没有射中，大蛇若无其事地爬走了。纳信定睛细看，发现那五枚蛇卵就像没有人碰过似的仍然完好无损地堆在一起，他又把五枚蛇卵敲裂，带着疑惑的心情回到了家。

第三天，纳信想去再看看那条大蛇是否回到原地，是否还有蛇卵。当他来到蛇孵卵的地方，还没等他举弓射箭，那条大蛇就先爬走了,而五枚蛇卵照样原封不动地堆在一起。纳信感到十分惊奇,就再次敲破蛇卵,然后躲在附近的草丛中观察究竟。不一会儿,大蛇爬回来找它的卵,看到蛇卵已全部破裂后,它就爬到附近的一块大石头旁边,伸出芯子舔那有一块血红颜色的小石头,然后返回去再舔那些破裂的蛇卵,当它舔哪一枚破卵时,哪枚卵就立即恢复原状。就这样它来回爬了五次,当五枚蛇卵都圆溜光滑、完好如初后,它就围着五枚蛇卵盘绕起来,继续孵卵,纳信看得真切,就敲下一小块血红色的石头带回家。

纳信回到田舍中,想试试那块血红色石头的效果。他敲裂了一个鸡蛋,然后从血红色石头上磨下一点粉末抹在被敲裂的鸡蛋壳上,顿时,破裂的鸡蛋壳合缝接连,光滑如初。接着他又杀死了一只猎狗,然后磨下一些红石头粉末,抹在死去的猎狗身上,顷刻间,猎狗活过来了,并立即汪汪地叫起来,跑个不停。从此,纳信十分珍惜那种神药——血红色石头。

国王派人来到纳信的田舍后,告诉他说要他去王宫为王后治病,纳信立即想起自己试验过的那种神药,就愿意去试试看,是否能像治疗动物一样治好人的病。

在走向王宫的路上,纳信遇见一个美貌的姑娘死在路边的草丛中,他十分同情姑娘,便想试试神药的功效。他取出那块血红色的石头,磨下一些粉末,放入水中,然后用那水擦洗那个姑娘的尸体,顿时,那个姑娘睁开眼睛苏醒过来。她向纳信连声道谢,并告诉纳信说她是一个山洞中黑蚁王的女儿，由于蛇王咬她，向她喷射毒液，她中毒身亡。蛇王把她藏在路边的草丛中，不让她父亲黑蚁王发现，因为她的父亲黑蚁王不愿意让女儿嫁给蛇王，而姑娘自己也不喜欢蛇王，她已和白蚁王定亲了。纳信得知此事后，就把姑娘送回家。看到女儿回来，黑蚁王喜出望外，一再感谢纳信的恩情。白蚁王见到自己的心上人回来，更是有着说不出的高兴，并永远铭记纳信的恩德。而蛇王对白蚁王重新得到意中人，一直怀恨在心。因此，一直到现在，所有的蛇类与白蚁始终势不两立，蛇总是要抢占白蚁的窝，只要一看见白蚁窝的土堆，蛇就往里喷射毒液，把白蚁赶走，然后把白蚁窝当作自己的住所。

在纳信离开黑蚁王时，黑蚁王拿出一枚神针送给纳信作为礼物，并说："这枚神针请你一定保存好，当有敌人来欺负你时，你就拿这枚神针对准敌人的心，你就会逢凶化吉。"

纳信接过神针，告别了黑蚁王，继续赶路去王宫。

当纳信来到王宫后，王后已去世两天了，国王见纳信来晚了，大发雷霆，命令立即处死纳信。而纳信泰然自若地说："如果国王真的要处死我，那就让我先去看看王后的遗体，要是我不能救活她，再处死我也不迟。"

国王非常想让王后复活，就让纳信去停尸房看王后的遗体，王后的遗体已经肿胀发臭了。国王对纳信说："这就是你迟到的罪过，要是你不想死，就救活王后。要是真的救活了，我将分给你一半江山;要是救不活,我定将把你处死!"

纳信让国王给他一灌水和一段白布,纳信用白布盖住王后的遗体,然后他躲在一旁,磨下血红色石头的粉末,放入水中,最后,他掀开白布,把溶有血红色石头粉末的水朝王后的遗体泼洒。不一会儿,王后慢慢睁开了眼睛,又缓缓地坐了起来,看上去王后变得比以前更加年轻、美丽、健康。

猴王一直注视着这发生的一切,当看到王后复活,国王兴高采烈地要把金钱赏给纳信时,它感到很不是滋味,想设法再次谋害纳信。它悄悄走近国王耳边说道:"国王请您别相信,纳信这家伙用的是障眼法,等他一走,王后还会死去,你要想王后长久地活着,就必须让王后吃纳信的肝!"

国王听信了猴王的话,便命令侍从捆绑纳信并立即处死以取出他的肝。这时,纳信马上取出神针正要对准国王,只见一只蚂蚁爬到跟前告诉纳信:"你的敌人是那只猴王!"

猴王听到后立即跑出王宫,但纳信眼疾手快,把神针瞄准猴王的后背,猴王立即倒地,两腿挣扎了几下,再也不动了。

国王看见纳信有如此高超的本领,十分敬畏和佩服,就信守诺言,分一半江山给纳信管辖,但他不知如何划分国土。国王正在犯愁时,一只蚂蚁爬过来说:"这不难,我们来为您帮忙。"说完这只蚂蚁迅速地找来许许多多的伙伴,它们爬成长长的一条线,作为两部分国土的分界线。所以,直到现在蚂蚁总是喜欢在地上成群结队地排成一条长线。

国土被划分成两部分后，聪明的国王先要了有平原部分的国土，而把北方都是高山地区的那部分国土留给了纳信。从此以后，苗族就在高山地区定居谋生。

癞蛤蟆的来历

古时候，在一个偏僻的村寨中，有个从小就失去了父母的小伙子，名叫陶基胡，因家境十分贫寒，又长了一身癞子，村里的许多人都不理睬他，尤其是村里的财主更是嫌弃他，怕他长的癞子传染给家人，就强迫他离开村子搬到荒野的田舍中去居住，而且命令他一个人开荒种地，每年还必须要向财主交纳三囤稻谷。

财主的第七个小女儿名叫露拉，得知当了自己家的长工陶基胡的处境，十分同情他。每天，当财主派家中的人给陶基胡送饭时，家中的人都怕传染上癞子，都不愿意去给他送饭，尤其是露拉的六个姐姐更是十分讨厌他，连他的名字都不愿意提到。只有露拉一个人愿意每天给陶基胡送饭。而当露拉送饭回来时，六个姐姐就对露拉吐口水，不让她靠近。露拉看到许多人这么嫌弃陶基胡，就更同情他了。

陶基胡看到财主美丽善良的小女儿露拉每天来给自己送饭，非常感激，心中十分不安，也不好意思让她靠近看到自己长满疙瘩

105

的脸。而露拉偏要找机会跟他说话,有时还给他带来穿的盖的。

有一天,陶基胡忍不住对露拉诚恳地说:"你看我又穷,长得又丑,叫人讨厌,以后为了你的面子,就请你不必来这里了。"露拉立即回答说:"我可从来没有讨厌过你!"

一天,从山上下来一群猴子闯进了陶基胡的田地吃稻谷,陶基胡看见了马上大声呼喊驱赶猴子。正在这时,一只领头的大猴子对陶基胡说:"你很勤劳,种了很多稻谷,就分给我们吃一点吧,日后我一定会报答你的恩情。"于是陶基胡就让这群猴子尽情地吃个痛快,自己就在田舍中休息。

这群猴子吃饱离开之前,那只领头的大猴子来到田舍找陶基胡,把一个小铜锣交给他作为报答他恩情的礼物,并教他使用小铜锣的方法,然后就告辞了。

陶基胡好奇地拿起小铜锣,试着敲了几下,小铜锣便发出清脆悦耳的响声。敲了一阵后,他忽然发现自己脸上的癞子一个一个纷纷掉落下来,他的脸马上变得白净光滑。第二次敲响小铜锣后,他又惊奇地发现长在自己腿上、手臂上的癞子也先后掉落下来。当第三次敲响小铜锣时,他身上的最后一块癞子也掉了下来。这时,与以前相比,陶基胡真是判若两人,他成了一个英俊漂亮的小伙子。那些在林中每天看惯了陶基胡的小鸟,今天见了陶基胡,也惊喜地对他刮目相看。

第二天清早,露拉同往常一样,手里拿着竹子编的饭盒来给陶基胡送饭。当她一跨进陶基胡的田舍门时,就看见一个陌生的英俊青年正坐在那里补衣服,而那个长着满脸癞子的陶基胡不见了,她不由得大吃一惊。她立即怀疑那个陌生青年莫非是来迫害陶基胡的,于是就盘问那青年:"你是谁? 从哪里来的? 为什么来到这里? 你知道那个脸上长了癞子的小伙子到哪里去了?"

那个青年不慌不忙地收起针线,然后抬起头对露拉和颜悦色地说:"你这个善良美丽的姑娘,那个长有满脸疙瘩的癞子,值得你关心吗? 你还是跟我这样的人好吧!"

露拉一听更加确信这个青年居心不良,认为他是来谋害陶基胡的,于是她大声叫喊起来,同时抄起一根木棍来揍他,还对他破口大骂道:"你这个恶毒的家伙,要想谋害陶基胡! 尽管陶基胡长得难看,但我丝毫不嫌弃他。你这个家伙,虽然长得漂亮,但心肠歹毒,绝不值得我爱!"

这时,那个青年若无其事地微笑着,对露拉说:"你真是个善良美丽的好姑娘,我就如实告诉你吧,我就是陶基胡呀,由于我有福气,才使我的癞子全都消失了。"

听了陶基胡详细地讲述事情的前因后果后,露拉感到很羞愧。

从此以后,陶基胡和露拉更加相亲相爱,最后两人决定订婚。

露拉的六个姐姐看到露拉天天早出晚归去给陶基胡送饭送菜,有一天她们相约一起悄悄地到陶基胡的田舍去看个究竟,正当她们走近田舍时,看见一个英俊美貌的小伙子正和露拉一边辛勤地种地,一边愉快地又说又笑。她们感到十分惊奇和妒忌,便立即返回家中向父亲禀告:"在田地干活的陶基胡现在已变成一个漂亮的小伙子了。"她们还要求父亲从今以后也派她们去给陶基胡送饭。父亲许可后,露拉的六个姐姐都争先恐后地要给陶基胡送饭,以便靠近陶基胡,亲眼看见他的英姿。她们当中谁轮到给陶基胡送饭的那天,谁就打扮得花枝招展、浓妆艳抹,并对陶基胡甜言蜜语地说话,卖弄风情,以使陶基胡对自己产生好感。而陶基胡对露拉的六个姐姐一视同仁,友好相待。

后来,露拉的六个姐姐都向父亲提出,自己愿意嫁给陶基胡。财主看到陶基胡已是一个英俊、能干的小伙子,也就同意认陶基胡为女婿。但七个女儿都嫁给陶基胡一个人,那是绝对不行的,于是财主决定让陶基胡自己从中挑选一个,并决定让七个女儿各做一道拿手的美味佳肴,然后摆放在一起,让陶基胡逐个品尝,对哪一个做的佳肴最满意,就娶哪个为妻。

露拉的六个姐姐听了都兴高采烈,并请人开始紧张地筹备起来,有的杀猪宰牛,有的杀鸡宰鸭,每个人都精心烹调拿手的"拉帕"①。凉拌、清炖、红烧、油炒等多种佳肴,人人都忙个不停,一片欢声笑语,空气中弥漫着诱人的香味。

---

① 拉帕:老挝民间逢年过节或招待客人的美味菜肴,用牛肉或鸡肉等鲜肉剁碎,再加上各种作料调制而成。

露拉眼看着六个姐姐都做成了色香味俱全的佳肴,自己却不知怎么办才好,她独自坐在屋的一角,闷闷不乐,担心自己的心上人被六个姐姐抢走。直到别人都把做成的菜肴摆放在桌子上时,露拉才站起来,走近鸡窝,捡起两个鸡蛋煮熟,又拿出了一碟家常腌鱼辣酱,再加上满满一饭盒的糯米饭。

当七个女儿把自己做成的所有饭菜一长溜整齐地摆放在桌子上后,财主就让陶基胡进屋逐个品尝。陶基胡绕着饭桌转了一圈,只见在一个个闪闪发亮的金碗、银盘中都盛满了各式各样的美味佳肴,令他目不暇接。后来当他看到在一个很不起眼的藤做的小篮子里简单地摆放着两个煮鸡蛋、一碟腌鱼辣酱和一盒糯米饭时,一下子勾起了他深深的回忆,使他想起露拉几年如一日地给他送饭送菜的情景。他毫不犹豫地拿起两个煮鸡蛋,蘸着腌鱼椒酱,就着糯米饭,津津有味地吃了起来,脸上露出满意的笑容。财主亲眼看见了这一切,就当场决定让小女儿露拉嫁给陶基胡。

露拉的六个姐姐看到自己辛辛苦苦精心烹饪的菜肴,陶基胡连一口也不尝,感到愤愤不已,恼怒万分,并对露拉一直怀恨在心,她们在暗地里密谋想害死露拉,然后把陶基胡占为己有。当阴谋败露后,露拉的六个姐姐再生一计,她们在一起议论说,必须找个像陶基胡一样英俊的小伙子做丈夫。她们就对妹夫陶基胡说:"妹夫,你那个使人变得漂亮的小铜锣,请借给我们用一用,等实现我们的愿望后,一定送还给你。"

陶基胡一口答应,就把小铜锣拿出来借给她们。

露拉的六个姐姐借到了小铜锣后都十分高兴,就沿村去寻找那些长有癞子的穷小伙子。她们好不容易找到了六个类似的小伙子,把他们召集在一起,然后敲响小铜锣,让他们都变成英俊漂亮的青年。可是,她们猛敲了一阵小铜锣之后,六个小伙子脸上、手脚上、身上掉下来的癞子,都纷纷飞向露拉的六个姐姐的脸上、手脚上和身上,紧紧地附着在上面,再也掉不下来了。露拉的六个姐姐面面相觑,她们一个个都成了丑八怪。她们感到无地自容,痛心疾首,就抓起小铜锣往地上使劲一摔,结果小铜锣被摔得粉碎。

陶基胡得知后,赶紧跑过来,想敲响小铜锣,帮助露拉的六个姐姐恢复原貌。可是,他发现小铜锣已被摔得粉碎,再也无法敲响它了,他一筹莫展,非常可惜那个给他好运的神奇的小铜锣。

从此以后,露拉的六个姐姐一直到老,脸上、手脚上和身上都长满了癞子。当地的人们传说,这六个癞子女人死后都转生为癞蛤蟆。

玛诃索德的故事

追赶老鹰

一只老鹰叼着一块肉,在空中飞翔着。玛诃索德的小徒弟们看见了,仰着头,一边飞快地追赶,一边大声喊叫,想让老鹰放下嘴里叼着的那块肉。他们只顾抬头看着天上的老鹰,拼命地奔跑,结果脚趾碰到了石块、树桩,一个个摔倒在地上,有的鲜血直流,有的哇哇直叫,都没有追上老鹰。这时,玛诃索德连忙跑出来,他没有抬头看天上的老鹰,而是低着头,跟着地上老鹰的影子紧追不舍。当他追上了老鹰的影子时,他拍手跺脚,大声呼喊,老鹰顿时一惊,张开了嘴巴,那块肉掉了下来。玛诃索德眼疾手快,一把接住了,徒弟们围上来,异口同声地称赞师父玛诃索德的聪明才智。

一根圆木

一天，县官要试试玛诃索德的聪明才智，就让木匠把一根紫檀木旋成一段长三尺、两头一样粗细的圆木，然后把玛诃索德叫来，对他说："我这里有一根两端一样粗细的圆木，请你说出哪一头是根部。如果你说对了，我送你一百两银子；要是你说错了，就得罚你一百两银子。"

玛诃索德满口答应。他仔细看了看这根圆木，用手掂了掂，但一时分辨不出哪头是根部。后来，他找来一根绳子，将绳子绑在圆木中央，然后提着绳子把圆木放进水池。只见圆木的一头比另一头先沉下水去，于是他断定，先沉下水的一头是根部，因为树根比树梢的密度大，显得重一点。县官得知后连连点头，立即拿出一百两银子交给玛诃索德。玛诃索德接过银子，回家分给了乡亲们。

一头奇怪的白公牛

一天，县官要玛诃索德所在的巴锦村村民给县官送去一头脚上长角、头上长瘤、一天叫三次的白公牛，如果交不出来，就要罚他们一千两银子。村民们束手无策，就找玛诃索德商量。玛诃索德想了想说："你们送去一只白公鸡就是了，鸡脚上的距不就是角吗？

头上的鸡冠不就是瘤吗？至于一天叫三次，公鸡它自会打鸣的。"

大家听了拍手叫好。第二天，村民把一只公鸡送给了县官，同时照着玛诃索德的话又说了一遍。县官一听，无话可说，只好收下这头"白公牛"，免罚了巴锦村村民一千两银子。

公牛生犊

一天，县官为了敲诈巴锦村村民的钱财，想出了一个坏主意。他让部下把许多黄豆喂给一头公牛吃，然后让公牛大量喝水，公牛吃饱喝足了，肚子胀得鼓鼓的，好像一头怀孕的母牛，然后让部下牵着这头牛来到巴锦村，对村民们说："这头牛再过几天就要生牛犊了，请你们把它饲养好，等它生了牛犊后，你们把这头牛和它生的牛犊一起送到县府，如果不及时送来，就罚你们一千两银子。"

村民们一看，这头牛原来是头公牛，它怎么能生牛犊呢？他们一筹莫展，就找来玛诃索德商量。玛诃索德灵机一动，马上想出一个对付的办法：他让一个村民装成号啕痛哭、十分悲伤的样子去见县官，县官问他为什么痛哭流涕。村民回答说："县官大人，我的父亲已怀胎十个月了，就要临产了，肚子痛了七天七夜，还没有生下小孩，眼看就要有生命危险。恳求县官大人告诉我，怎样才能使我父亲尽快生下小孩，保全我父亲的性命。"

县官一听，感到十分奇怪，恼火地说："你发疯了吧？哪有男人生孩子的事?"

村民马上接着说:"我一点也没有疯,县官大人,既然你懂得男人不能生孩子,那巴锦村的村民怎么能让你送去的公牛生牛犊呢?"

县官一听,自知理亏,一千两银子也没敲诈成。

做　　饭

一天,县官为了骗取巴锦村村民的钱财,又想出了一个鬼主意。他要巴锦村村民按照他说的八个规定做饭,然后把做好的饭送给他。这八个规定是:

不许用米,不许用水,不许用锅,不许用炉子,不许用火柴,不许用木柴,做成饭后不许让男人或女人送来,送来时不许走大路。如果不按照这八个规定做饭,就要罚巴锦村村民一千两银子。

村民们知道后,个个面面相觑,想不出对付的办法,又来找玛诃索德商量。玛诃索德想了想,对村民们说:"不许用米,就用糠;不许用水,就用露;不许用锅,就用盆;不许用炉子,就用石块垒成的三脚架;不许用火柴,就用燧石取火;不许用木柴,就用干芭蕉叶;不许男人或女人送去,就派一个两性人去;不许走大路,就走小道。"

村民们听后连连点头称是,于是就照玛诃索德说的去做,把饭送给县官。县官得知后，无话可说，只好收下，罚一千两银子的事也只好作罢。

用沙子搓绳

有一次，县官又刁难巴锦村村民说："我原来荡秋千的绳子断了，你们必须用沙子给我搓一条新的绳子，如果搓不出来，我就惩罚你们。"

村民们一听，感到十分为难，不知怎么办才好，只好请玛诃索德来商量对策。玛诃索德沉思了一会儿，对乡亲们说："你们派一个人先去见县官，就说先得看看原来绳子的样子，才能搓出来。"

于是村民们派了一个人到县府，对县官说："县官大人，您要我们用沙子搓一条绳子，我们都十分愿意，一定照您说的去办。但是我们不知道您究竟要怎样粗细的绳子，所以让我看一看您原来那条断了的绳子，作为我们搓新绳子的样子，哪怕只有很短的一段也行。"

县官听后，十分窘迫，不得不说："原来的旧绳子找不到了。"

那个村民马上接着说：没有旧绳子做样子，我们也无法按您的要求搓新绳子了。"

县官哑口无言，只好收回原来的命令。

搬荷塘

有一次，县官又想出一个恶毒的主意，他命令巴锦村村民把村里的一个荷塘搬到县府，如果不能搬去，就要罚村民一千两银子。村民们合计了半天也想不出好办法，只好请玛诃索德商量对策。玛诃索德眉头一皱，计上心来，告诉了他们对付的办法。

于是几个村民先把自己的头发和衣服都弄湿，然后拿着绳子和木棍急匆匆地来到县府，煞有介事地对县官说："县官大人，我们按照您的命令把荷塘搬来了，但这荷塘在我们村子里待惯了，一看见县府的城墙、护城河十分害怕，不愿意进县府，立即又回到了村子，我们好几个人用绳子拉、木棍赶，可它怎么也不肯来，所以我们特地来请求县官大人，先把城墙城门拆去，把护城河填满，我们再把荷塘搬到县府来。"

县官看见村民们个个浑身是水，便信以为真，觉得要拆城墙城门，填护城河，损失太大了，连连摇头说："城墙城门拆不得，护城河也不能填，荷塘你们也不用搬了。"

黄牛案

一天，一个农夫从巴村买回了一头膘肥体壮的黄牛。在回家的路上,农夫让黄牛在路边吃草,自己就在一棵大树下休息,因走累了,不一会儿他就睡着了。这时,一个男子走过来,乘机把农夫的黄牛顺手牵走了。农夫醒来,不见黄牛,十分焦急,四处寻找。后来,他看见右前方有一个人正牵着一头牛急匆匆地跑着,他疾步追了上去,一看正是自己刚买来的那头黄牛,便从那男子手中一把夺过牵牛绳。

那男子强词争辩说:"你怎么来抢我的牛?"

农夫理直气壮地说:"是你偷走了我的牛!"

两人争吵不休,互不相让。这时,玛诃索德正好走过来,询问了事情的缘由,便领他们两人来到自己的村子,然后问那男子:"你说这头牛是你的,那你是从哪里牵来的?"

那男子连忙编造说:"是从我家牛棚里牵出来的呀!"

"你用什么东西喂它?"

那男子看了看那十分健壮的黄牛,便说:"我用豆子喂它。"

玛诃索德记下那男子的话以后,便问农夫:"你说你从哪里牵来这头牛的?"

农夫如实回答道:"我是从巴村买回来的,它原来的主人叫绍纳,巴村的许多老乡都知道这件事。"

"你用什么东西喂它?"

"我没有用别的东西喂它,只是让它吃路边的青草。"

　　玛诃索德也记下了农夫的话,然后让人找来了一把巴荣草叶子①。他将巴荣草叶子揉碎了,放入装满了水的碗中,然后把水灌进了黄牛的嘴里。不一会儿,黄牛呕吐出一大堆青草来。于是玛诃索德判定黄牛是农夫的,让农夫牵走,然后教训了那男子一顿,便把他放走了。

一个纱团

　　一个名叫娘西的农家妇女,提着装有纱团和衣服的篮子,来到池塘边洗衣服。她把纱团放在篮子旁,打算洗完衣服后,再把纱团送到一个亲戚家去织布。当她正在埋头洗衣服时,一个姑娘路过这里,顺手把纱团偷走了。娘西洗完衣服后,发觉纱团不见了,感到非常惊奇,抬头一看,只见一个姑娘正鬼鬼祟祟地拐向一条小路走去。娘西拔腿就追,夺回了被偷的纱团,可那姑娘煞有介事地争辩说是她自己的纱团,两人争吵得难解难分。这时玛诃索德路过这里,询问究竟发生了什么事,两人都一口咬定说那纱团是自己的。

　　玛诃索德沉思了一会儿,便问那个姑娘:"你说纱团是你的,那请你说说你在绕纱团的时候,是用什么做纱团轴儿的?"

　　① 巴荣草叶子:老挝的一种草药,牛吃了就会呕吐。

那姑娘听到这突如其来的提问,慌得张口结舌,一时不知怎么回答才好,停了一会儿,她才胡编乱造说:"是用棉籽做的。"

然后,玛诃索德转过头问娘西:"你说说看,你是用什么做纱团轴儿的?"

娘西坦然自若地回答说:"我是用柿子核做的。"

于是玛诃索德当场松开那个纱团,里面立即露出了一个柿子核,他断定纱团是娘西的。那个偷纱团的姑娘在事实面前也不得不承认自己做了错事,向娘西赔礼道歉。

抢孩子

有一次,娘占抱着自己的孩子来到河边洗澡,她先把孩子放在襁褓中,然后下水擦身。这时,有一个妇女路过这里,想要那个小孩,就装着一副和蔼可亲的样子,指着小孩问娘占:"啊呀,大姐,这是您的小孩吗?真可爱,让我来抱抱吧。"妇女一边说,一边抱起了小孩,还亲了亲小孩的脸。趁着娘占不留心时,那个妇女抱着小孩转身逃跑了。

当娘占洗完澡上岸时,发现自己的孩子不见了,她焦急万分,立即朝那个妇女逃跑的方向追去。紧追一阵后,娘占终于抓住了那个妇女的衣襟,气愤地喊叫着:"你要把我的小孩带到哪儿去?"

那个妇女凶相毕露地说:"哪是你的孩子?这明明是我的

孩子。"

两人争吵得不可开交，谁也说服不了谁，推推搡搡来到了玛诃索德的家门口，让他评理。

玛诃索德听了她俩的叙述后，就用一根树枝在地上画了一个圆圈，把小孩放在圆圈中央，让两个妇女站在圆圈两旁，然后说道："现在你们同时各拉小孩的一只胳膊，谁能把小孩拉出圆圈外，我就判这小孩是谁的。"

刚说完，两个妇女各自拉着小孩的胳膊，拼命地拽着。顿时，小孩被拉得哇哇大哭起来。娘占看到这情景，心疼得像刀割一样，立即松开了手，而那个妇女紧拉着小孩不放。

这时，玛诃索德对着乡亲们说："按照常情，作为孩子的母亲对自己的孩子有怎样的感情？"

大家回答说："只有母亲最懂得心疼孩子。"

于是，玛诃索德说："对，那么你们看，那个抢到孩子的妇女对孩子一点也不心疼，所以她绝不是孩子的母亲。而娘占不忍心拉孩子，所以才松开了手，她才是这孩子的母亲。"

乡亲们都说玛诃索德判得对，于是就从那个妇女手中夺过孩子，交给了娘占。

聪明的芎茗

遵　嘱

从前有一个贪婪、吝啬又爱虚荣的财主,每当他骑马外出时,总要让芎茗和许多仆人跟在后面,以显示他的威风。仆人们个个累得疲惫不堪,喘不过气来,还得受财主的咒骂,仆人们敢怒而不敢言,不知怎么办才好。

一天,财主骑马外出,他对芎茗和仆人嘱咐说:"凡是我的东西,无论在什么地方,你们千万不要动手!"

芎茗听了连连回答说:"是!是!"

财主走到半路,不料把钱袋遗失在路上,芎茗看在眼里,但他记住了财主的嘱咐,没有捡起来。

财主回到家,发现他的钱袋没有了,十分着急,就把芎茗叫来查问:"芎茗,你捡到我掉的钱袋了吗? 你把它藏在哪儿啦?"

芎茗如实回答说:"我看见了,你的钱袋掉在路上了!"

财主马上说:"快把钱袋还给我!"

芗茗不慌不忙地说:"老爷,您吩咐过我,老爷的东西无论在什么地方,我们都不能动手,所以我没敢把钱袋从地上捡起来。"

财主听了,恼羞成怒,但也无可奈何,骂了芗茗几句后,又重新吩咐说:"从今以后,你要是看到我的东西掉在什么地方,你一定得捡起来送还给我,听见了吗?"

芗茗连连点头说:"老爷,我一定照您说的办!"

过了几天,财主骑着马去看望一个亲戚,还是让芗茗和几个仆人跟在后面。当财主回到家后,等了好半天,才看见芗茗回来。财主对他生气地说:"芗茗,你怎么那么晚才回来,一定在路上玩了吧?"

芗茗一面从肩上放下布袋,一面对财主说:"老爷,我哪有工夫在路上玩呀? 这回您掉的东西太多啦! 我一直忙着捡都捡不过来。"

财主一听,连忙转怒为喜说:"你捡到我什么东西啦? 快给我看看。"

芗茗一本正经地把布袋递给财主。财主接过布袋,迫不及待地打开一看,原来里面装的全是臭烘烘的马粪,把财主熏得连忙掩鼻,他一边跺着双脚,一边大声骂道:"你这个鬼东西,竟敢如此捉弄我!"

芗茗慢条斯理地说:"老爷,请别发火,您不是吩咐过我,要把您的东西都捡起来吗?"

这时,财主再也说不出一句话来。

道心思

一天,艻茗的妻子对艻茗埋怨说:"自从我嫁给你后,一直很穷,一分钱也没有到过我的手。"

艻茗安慰妻子说:"你要钱嘛,这不难,你给我一只空布袋,我给你背一袋回来。"

艻茗的妻子疑惑不解地把一只空布袋递给艻茗。艻茗接过袋子,一声不响地走出了家门。

当艻茗来到县府时,看见县府里的几个官吏正商议事情,艻茗便站在门口,大声地对他们说:"喂,老爷,我早就知道了你们每一个人的心思!"

官吏们被这突如其来的喊声弄得莫名其妙,都感到十分惊讶和恼怒。一个官吏走过来,厉声责问艻茗:"你这个蠢家伙,你怎么会知道我们每个人的心思?!"

艻茗不慌不忙地回答:"我怎么会不知道你们的心思?!"

双方各持己见一阵子后,商定打赌,如果艻茗说对了,官吏们就给艻茗一袋银子;要是艻茗说错了,艻茗就得被惩罚。说定之后,他们就去找县官评判。

芎茗和官吏向县官说明事由后，县官便先问芎茗："你真的知道这几个官吏的心思吗？那就请你说说看，他们每个人各有什么样的心思？"

芎茗跪拜在地上，恭恭敬敬地说："禀告县官大人，我非常了解他们的心思，他们不会欺骗、背叛您，也绝不会危害您！"

县官听了之后，转过脸问在场的几个官吏："刚才芎茗说的话，你们认为究竟对不对？"

官吏们一听，面面相觑，不敢说"不对"，只好异口同声地连连回答说："芎茗说得对，说得对。"

于是，官吏们不得不认输，给了芎茗一袋银子。芎茗背起一袋银子，头也不回地走出了县府。

鲫鱼上树

从前，有个名叫陶嘎帕的猎人。一天，他在野外的地上设置了一个捕兽器，同一天，县官的儿子罗克也到野外打猎，他在附近的一棵树上安放了一个捕鸟夹子。

过了两天，罗克去看他的捕鸟夹子。他见到在陶嘎帕设置的捕兽器上套住了一只肥美的鹿，而在他自己的捕鸟夹子上只夹住了一只小鸟。他顿生邪念，想把那只鹿据为己有。于是他来了一个调包计，把鹿从陶嘎帕的捕兽器上解下来，绑在自己的捕鸟夹子上，再把小鸟挂在陶嘎帕的捕兽器上。过了一会儿，陶嘎帕也来看自己的捕兽器，他发现上面有一只鸟，而在附近树杈上却挂着一只鹿。他觉得十分奇怪，立即意识到这一定是县官的儿子罗克暗中用鸟换取了鹿。

他向罗克索要那只鹿，但罗克一口咬定那只鹿是自己的猎物。两人争吵不休，谁也说服不了谁，只好到县府衙门去评判。衙门的法官十分势利，不分青红皂白马上判定那只鹿属于县官的儿子罗克。陶嘎帕不服，决定请芗茗帮忙。芗茗知道事情的缘由后，对陶嘎帕非常同情，对县官儿子的仗势欺人和衙门法官的徇私枉法十分痛恨，决定帮助陶嘎帕。

第二天，芗茗跟着陶嘎帕来到县府见衙门的法官。芗茗一进门，突然伸手指着门外对法官大声喊道："你们快看，一条鲫鱼正在酸木甘树上吃树叶！"

法官一听，感到十分诧异，转过头朝芗茗指的方向看去，但什么也没有，便讥笑芗茗说："你是痴人说梦话吧，哪有鲫鱼上树吃树叶的！"

芗茗接着反驳说："既然如此，哪有地上跑的鹿被挂到树杈上的？"

法官听后，张口结舌，无言以对。最后，法官只好重新判定那只鹿归陶嘎帕所有。

黑心的财主

从前,有个财主,十分吝啬,又贪得无厌,他利用自己的权势,聚敛财富。村里的人借了财主的钱后,如果没有按规定的时间归还,就得被迫付出比本钱还要多的利息,有的村民因此家破人亡。

有一天,一个名叫沙贝纳的外地青年人路过财主的那个村子,请求在财主家投宿。财主仔细打量着沙贝纳,觉得沙贝纳很像一个有钱人的样子,就同意留宿他。

到了傍晚,沙贝纳拿出一些钱交给财主的用人,让他去买晚饭。吃过晚饭后,通过宾主之间亲切友好的交谈,财主得知,沙贝纳刚从高僧大师那里学会了咒语,正准备回到遥远的故乡,由于路程很远,才请求在财主家暂时住上几天,然后再继续赶路。

宾主一直交谈到深夜,当听到从村外传来小伙子向姑娘求爱的笛声和芦笙声,沙贝纳靠近财主耳边悄悄地问道:"这个村子里有没有圣灵之地?"

财主说:"那当然有啦,至少有棵神树才能成其为村子呀!"

沙贝纳说:"那就好极了!"

财主听了十分疑惑地问:"你问这个是什么意思?"

沙贝纳神秘地说:"这是非常秘密的事,绝对不能让别人知道,这是我用来找钱花的唯一的办法。"

财主一听到"钱"字,眼睛发亮,更感兴趣地说:"就让我们两个人知道不行吗?"

沙贝纳迟疑了一下,然后说:"那也行,不过你要绝对保守秘密,就连自己的老婆孩子也不能告诉。"

财主一口答应。

沙贝纳再次强调说:"我只告诉你一个人,不能让其他人知道,要是这事传到坏人耳朵里,他们就会抢走我的法宝。"

财主迫不及待地问:"究竟是什么东西?是什么样的法宝呀?"

这时,沙贝纳才慢慢解开行李袋,拿出一个像胳膊那样长的竹篓,说:"这就是从我师父那里得来的法宝!一路上我就靠着这个法宝,才有钱花。"

财主又问道:"那你怎样使用它?"

沙贝纳说:"只要把这个竹篓放在圣灵之地,然后从竹篓里取钱就是了。"

财主将信将疑,只是点点头说:"噢,那真是神了!"

沙贝纳说:"请你带我到你所说的圣灵之地,明天一早就有钱花了。"

他们两人就一起走出家门,来到全村人都知道的被称为神树的一棵大榕树下。沙贝纳从身上掏出一块银锭,放入竹篓里,再把竹篓放在大榕树树根旁边。他对财主说:"明天一大早,我们再来看那个竹篓。"然后,他们俩就一起回到了家。

头遍鸡叫声和头遍舂米声响过后,财主就叫醒了沙贝纳。两人来到放有竹篓的大榕树底下,沙贝纳让财主去拿竹篓来看,财主惊喜地发现竹篓里有两块银锭,比原来多了一倍。财主对这个法宝竹篓深信不疑。沙贝纳花了一块银锭请财主吃了一顿十分丰盛的饭菜。

第二天晚饭以后,沙贝纳和财主又一起来到大榕树下。贪心的财主对沙贝纳说:"这回请你把两块银锭放入竹篓里。"沙贝纳立即照办了。

翌日一早,他们去大榕树下看竹篓,财主又惊喜地发现在竹篓里有四块银锭了,比原来又多出了一倍。回到家后,财主设宴招待了沙贝纳。

宴毕,沙贝纳就向财主告辞说:"老爷,明天我要动身继续赶路回家。"贪心的财主再三挽留沙贝纳,要他多住几天,并由衷地称赞沙贝纳的竹篓真是神奇,想再用一回这个竹篓。沙贝纳觉得盛情难却,就同意了。

　　财主吩咐用人好好照顾沙贝纳,让他早点睡觉休息,自己独自一人来到大榕树下。他把一大把银锭装入竹篓中,足足装满了半个竹篓,心想,明天一早就能一下子得到满满一竹篓银锭了。然后,财主踌躇满志地回家睡觉,做起了发财的美梦。

　　头遍鸡叫声过后,财主就起床叫醒用人起来,蒸好糯米饭,好让沙贝纳吃了继续赶路,同时嘱咐用人看守好客人沙贝纳。然后他走出屋,到大榕树下看竹篓。

　　财主跑到大榕树下,发现那个竹篓没有了,他大吃一惊,失声喊叫起来,他围着大榕树到处寻找,也不见竹篓的影子。他担心沙贝纳比自己早到这里来,就迅速返回家,问家中的用人说:“那个客人沙贝纳是否还睡在家中?”用人如实告诉他说:“那个客人还没有睡醒呢。”他又亲自去看了一下,确实看见沙贝纳还在沉睡。这时他十分焦急,心想这下可完了,家中的钱也没有多少了,沙贝纳的竹篓也不见了,这叫他怎么相信我呢? 于是财主毅然叫醒沙贝纳说:“快起床喽,出大事了!”

　　沙贝纳揉着惺忪的睡眼,财主再次高声说道:“完了,真的出事了!”

　　沙贝纳问:“究竟出了什么事?”

　　财主惊慌失措地说:“你的竹篓不见了!”

　　沙贝纳镇静地说:“我的财主呀,你别跟我开玩笑了!”

　　财主发誓说:“绝不是开玩笑,竹篓确实不见了!”

沙贝纳认真地说:"你我都明白,这竹篓对我来说是多么重要!你就是给我多少金银财宝来换我的竹篓,我也不愿意。你这样欺骗我那可不成,你是个有钱有名望的人,你不应该做这等事来败坏你的名声!"

财主在沙贝纳面前跪下,向设在床头上方的佛像发誓说:"如果我骗取沙贝纳的东西,怎么惩罚我,我都愿意。"说完他又磕了三个头。

沙贝纳见此情景就改变口气说:"那么我的竹篓真的丢失喽,我的生活可没有着落了,那你看我怎么办?"

财主说:"那就由你说吧!"

沙贝纳说:"我也走投无路了,我怎么能回家呢?"

财主马上说:"这不难,我还有一些钱给你做路费,我这里还有田地,还有不少村民欠我的债。"

就这样,沙贝纳接过财主给的钱,继续上路了。

沙贝纳离开财主家,走了一阵子后,就遇上了与这个财主同住一个村的自己要好的朋友——佩恩,见到了那只竹篓和足足半篓银锭,他们两人因事先默契配合胜了那个黑心的财主而开心地笑了起来。

沙贝纳对自己的朋友佩恩说:"这下你赢了那个狡诈的财主,你可如愿以偿了!"

佩恩笑着说:"我很高兴你来帮助我报了仇,我父亲要是在九泉之下有知,也死而瞑目了。这个黑心的财主害得我家破人亡呀!"

后来这件事在村民中广泛流传着,人们都说,这个财主真是活该!

愚蠢的国王

古时候,有一位国王,只是在名义上继承了先帝的祖业,而把朝廷的一切实权都交给手下的文武百官掌管,自己整天无所事事,糊涂混日,就连"欺骗"这个意思也弄不明白。

一天,这个昏君巡视来到法庭,倾听法官审问被告。法官问被告:"你究竟欺骗了没有?"被告回答说:"没有,我没有欺骗,要是我欺骗,就罚我遭雷劈,罚我得瘟疫而死。"

昏君回宫后,疑惑不解地反复思忖道:"这个欺骗是什么? 欺骗究竟是怎么回事?"他冥思苦想,怎么也捉摸不透,就把文武官员招来,问他们:"你们知道欺骗吗? 如果你们会欺骗,就欺骗给我看看!"

官员们听了,面面相觑,不敢回答,都只是说:"奴才们不懂得欺骗。"昏君听到官员们这样回答后,就对欺骗这事更感兴趣了,对官员们宣布说:"谁敢来欺骗我,我就给他丰厚的奖金,奖给他一块像南瓜那样大的黄金!"并命令官员们立即向全国公布告示。

官员们都对国王这种举动感到惊讶万分,但又十分无奈,只好从命,向全国公布了这一告示。

当百姓们知道这消息后都顾虑重重,倒不是因为他们不懂欺骗,也不是不会欺骗,而是真的欺骗了国王,一定会招来杀身之祸,所以没有一个人敢去。

时间过去两三个月了,官员们不辞劳苦到处物色会欺骗的人,结果在一个偏僻的小山沟里,遇上了一个名叫巴嘎帕的小伙子。巴嘎帕得知这一消息后,自告奋勇地要求前去欺骗国王,以求获得像南瓜那样大的黄金。

官员们立即带上巴嘎帕前往王宫。国王见了心中大喜,心想这回将明白"欺骗"究竟是怎么回事了。国王当即下令设宴款待,为远道而来的巴嘎帕接风洗尘。

第二天早上,国王命令敲响晨钟,召集百官大臣和臣民们来到王宫的广场上,倾听巴嘎帕的谎言。百官和臣民们都交头接耳,议论纷纷,有的说,这下,巴嘎帕一定得掉脑袋;有的说,巴嘎帕从哪儿学来骗人的本领,竟然不知天高地厚骗到国王头上来了;有的疑惑不解地说,国王究竟要干什么。

人们到齐后,国王在大臣们的簇拥下,从宝座上走下来,而巴嘎帕早就坐在国王对面的一把椅子上,胸有成竹地等待着。

国王当众宣布:"欺骗的仪式开始!"

只见巴嘎帕缓缓地站起来,向国王、百官及臣民们依次合十敬拜,然后,滔滔不绝地开始讲起来:"尊敬的国王陛下及大臣们、乡亲们,下面我将说一个谎话,请诸位听清。事情是这样的,自从我的父亲长大成人后,他不种旱地,也不种水田,每天外出去采集菩提树树胶和榕树树胶,把它们倒在一口大锅中,一边放在火上熬,一边用木棍不停地搅动,这样树胶就越来越黏稠,再让它冷却六七天,树胶就成了黏稠无比的神胶了。然后我父亲又找来四五根竹子,把它削成像刀把一样粗或像大拇指一样粗的竹条,在上面都涂满了神胶,再把它放在林中大象经常出没的地方,当大象路过时,就会被神胶粘住,动弹不得。我父亲就是用这种方法来捕捉大象的。"

国王张着嘴巴,专注地听着巴嘎帕的讲述,听得出了神。巴嘎帕讲完后,国王就转过头来问大臣们:"他真的说谎了吗?"大臣们向国王合十致敬,齐声回答说:"是的,他确实在欺骗国王!"国王又转过头大声问在场的臣民们:"他真的说谎了吗?"臣民们齐声回答说:"是的,他确实在欺骗国王。"

国王哈哈大笑起来说:"巴嘎帕确实会欺骗,而且欺骗了我!我要给他重奖!"国王说完,便下令打开国库,让人抬出一块像南瓜一样大的黄金,送给巴嘎帕,还赞扬巴嘎帕说:"你非常能干。明天,你再说个谎话来欺骗我吧!"巴嘎帕一口答应。

这时,一位大臣把其他大臣们集合到一起,立即商量说:"国王也太愚蠢了,巴嘎帕这么一骗,就轻而易举地得到那么大的黄金,我们为国王尽心尽力效劳了多年，也从未得到像小指头那样小的黄金啊！"他们越说越生气，都对国王怨声载道，对巴嘎帕也非常憎恨妒忌。又一位大臣出谋划策说："明天国王让巴嘎帕再说谎话后，我们就都回答说，巴嘎帕没有说谎，他说的是真话。"大臣们都欣然同意。

第二天早上，让巴嘎帕说谎的仪式又接着举行，大臣和臣民们都挤满了广场，而巴嘎帕早就做好准备以图再次得手。

当国王来到后，便庄严宣布："现在，就让巴嘎帕再欺骗我一次！"在场的人群都鸦雀无声，凝神屏息地等待巴嘎帕，看他今天将怎样欺骗国王。巴嘎帕照例向国王和大臣们合十致礼，不料国王先开口问巴嘎帕："昨天你说你的父亲捕捉到大象后，他把大象放到哪儿去啦？"

巴嘎帕向国王再次合十致礼说道："国王陛下，我的父亲捕捉到大象后，就把大象全都卖给了国王的父亲，而国王的父亲直到现在也没有付钱给我父亲，我父亲已经去世了，国王的父亲也不在人世了，事实就是这样的！"

国王听后，转过头来问大臣："巴嘎帕说谎了吗？"大臣们齐声回答："巴嘎帕没有说谎，他说的是实话！"国王又问臣民，臣民也跟着大臣们回答说："他没有说谎，他说的是真话！"

国王就问巴嘎帕："你父亲卖给我父亲共有几头大象，大象有几头，小象有几头，一共多少钱？"

巴嘎帕答道:"我不记得究竟有几头,但我记得价钱,我父亲曾嘱咐我说,大象每头四十两黄金,小象每头三十两黄金,这个皇苑中的大象都是我父亲捕捉到后卖给您父亲的,直到现在还没有付钱。"

国王立即下令大臣们去数一数皇苑中的大象究竟有多少头,其中大象有几头,小象有几头,然后折算成黄金,如数还给巴嘎帕。

大臣们禀告国王:"国王陛下,巴嘎帕没有说谎,难道也要给他黄金不成?"

国王回答说:"就是因为是事实,所以才给他黄金。如果不给他,那我的父亲就有罪孽,要落入十八层地狱。要是我没有替我父亲还债,那我自己也有罪孽。你们给我走开,我已下令了,就照这么办!"

大臣们只好把皇苑中所有的大象清点清楚,同时折算成一千零四十五万两黄金,如数交给巴嘎帕。

从此,巴嘎帕就成为比国王还富的大富翁。

两个好朋友

从前,有两个农民,一个叫帕纳,另一个叫帕坎,他们是朋友,又是邻居,耕种的稻田连在一起,田舍也靠在一起。他们各自结婚后好多年了也没有孩子,都担心自己没有后代,担心自己年老时,没有人照顾抚养。这两家人就整天唠唠叨叨,愁眉不展。帕纳是个正直善良的人,而帕坎是个心术不正、贪婪的人。

有一天,这两对夫妻相约一起去田头的菩提树下向神仙许愿求子,他们都带上了装有鲜花的高脚银盘,敬拜神仙说:"让我们生个女儿继承家业,让我们生个儿子继承家族。"

在敬拜神灵返回家中的路上,帕坎夫妻俩欺骗帕纳夫妻俩说:"我们把挂在菩提树上的披肩忘记拿回来了,我们回去取,你们就先回家吧!"然后,他们又返回到菩提树下,敬拜神仙并重新祈祷说:"让我们生个女儿,卖给人家,让我们生个儿子当人家的用人。"

菩提树下的神仙听了前后两种不同的请求后,感到无所适从,

137

就变化成一条白鳝,正巧落入帕纳的鱼筌中,被帕纳捕到。当帕纳的妻子正要剖开白鳝的肚子准备烧着吃时,白鳝立即说话了:"求求你,别杀我,你需要什么请告诉我,我一定满足你的要求,请放了我吧!"

帕纳的妻子就说:"我想生个女儿继承家业,生个儿子继承家族。"

白鳝试探她说:"请你在二者之中选一样:一样是像小孩那么重的黄金,另一样是像黄金那样重的小孩,你要哪一个?"

帕纳的妻子心想,再多的金钱也不如有一个儿子,金钱可以花完,它既不会说话,也不会疼爱我,我年老了,也不会照顾我,弄不好它还会害我,于是就对白鳝说:"我不想要金钱,我只要女儿继承家业,只要儿子继承家族。"

白鳝说:"那好,这并不难,你将如愿以偿。"说完,白鳝立即不见了。帕纳的妻子高兴地把这喜事告诉了丈夫。

同一天,帕坎的妻子去看鱼筌时,也同样捕到了一条白鳝,当白鳝要求饶命时,帕坎的妻子就索要报酬,才肯放它。白鳝说:"那一言为定,我有两样贵重的东西,一样是孩子,另一样是黄金,孩子像黄金那么重,黄金像孩子那么重,你要哪一个?"

帕坎的妻子想了一下说:"我两个都要!"

白鳝说:"那可不行,因为这两样东西相克,你同时要两样的话,最后一样都得不到;如果你挑一样,以后可能再得到另一样。"

帕坎的妻子心想，要是我要了儿子，以后还得辛苦地养育他，我还是穷，他长大后，有可能成为不孝之子，也指靠不上他，我得一直穷下去；如果我要了黄金，马上有吃有穿有花的，这么多的黄金也许我到死也用不完。于是她就很爽快地回答白鳝说："我要黄金!"

"行! 你将如愿以偿!"白鳝说完，立即消失了。帕坎的妻子兴高采烈地回到家，把这事告诉了丈夫。

第二天天刚亮，帕坎夫妻俩发现在自己的田舍门口有一大块像簸箕一样大的黄金，金光灿灿，闪闪发亮。他们眉开眼笑，迫不及待地把黄金拾起来，然后请人加工成项链、手镯、戒指等许多首饰出售，并用首饰打扮自己，在自己的颈上、手上都挂满了沉甸甸的黄金首饰。

到了耕种的季节，帕坎夫妻俩也不下田干活了，而在忙于建造一座漂亮宽敞的新房子。

帕纳看见朋友帕坎一家这样一下子暴富起来，就向帕坎问个明白。帕坎夫妻俩却守口如瓶，生怕朋友帕纳也像自己那样富起来。

帕纳夫妻俩因妻子快生孩子了整天笑得合不上嘴，他们辛勤劳作，努力开荒，以便有更多的田地留给孩子。

一天，帕纳的犁铧断了，没有钱去买个新的，就向帕坎借他已丢弃在荒地上的那张旧犁来使用。但帕坎就是不肯借，说让帕纳出钱买。帕纳央求说:"你先借我用一用,要是让我买,我暂时没有钱,等到收割了稻子,把稻子卖了换了钱,我再买一张新犁还给你。"

帕坎说:"要是你现在不买,我就不借,不要提'借'这个字,在我家忌讳说'借',金钱听到了这个'借'字,就会吓跑的,你知道吗?"

帕纳只好买下帕坎的那张旧犁,但请求到收割季节后再还钱。起初,帕坎不愿意让他欠债,但一想,自己的犁已经是锈迹斑斑的旧犁了,以后也不会再有人买了,就同意让帕纳以贵于新犁的价钱赊欠。

自从帕坎富起来后,看到帕纳一家仍很贫穷,又欠他的债,就趾高气扬,盛气凌人,不把帕纳夫妻俩放在眼里。

一天,帕坎的妻子看到帕纳的妻子已怀孕了,就想:要是他们的孩子长大后,我们死了,他们的孩子一定会抢占我家的财产,我们一定得设法让他们离开这里,到远处去住。

帕坎就问妻子:"那你说怎么办?"

帕坎的妻子说:"我想到一个办法,就是把他们家的田地毁了,让他们忍饥挨饿,然后他们就不得不离开这里。"

诡计定下后,帕坎夫妻俩就悄悄地挖开帕纳家的田埂,并把水田中所有的鱼筌全都倒了个方向,还把刚刚长好的稻秧全部拔起,丢在水面上。

　　第二天清早,帕纳夫妻俩去看水田中的鱼筌,发现所有的鱼筌口都朝下扣倒在地,稻田里没有了水,稻秧全都倒下了。顿时,帕纳的妻子失声痛哭起来。

　　帕纳安慰妻子说:"忍着吧,说不定我们家造了什么孽,也说不定有什么坏人故意害我们,我去问问邻居帕坎。"

　　帕纳夫妻俩重新插好稻秧后,就来到帕坎家,把事情说了后,就问帕坎夫妻俩:"朋友,你们是否看见有什么坏人来害我们?"

　　帕坎的妻子听了火冒三丈说:"你们这穷鬼谁是你们的朋友?你们家的事,我们哪里知道呀!难道你们怀疑是我们干的吗?你们要是想多活几天的话,就赶紧滚回家去!"

　　在这以后一连好几次,帕坎夫妻俩趁晚上时间去帕纳的水田,把稻秧又统统拔了。

　　一天,帕纳去大榕树底下向神灵祈祷许愿,帕坎事先得知后,就先躲到大榕树树洞中,对帕纳说:"神灵让你们放弃这里的田地,赶快到别的地方去,要是你们还赖在这里的话,那就只有死了。"

　　当帕纳回到家时,看到妻子已经生了小孩,是个白白胖胖的男孩,帕纳喜出望外,抱起儿子亲个不停,然后却呜咽起来。妻子疑惑地问丈夫:"孩子他爸,你跟我们母子俩难过什么呀?看你哭得这么伤心!"

　　帕纳边呜咽边说:"孩子他妈,我看到我们的孩子实在太可爱了,我特别疼爱他,但担心他会跟着我们一起饿死。以后我们没有田地了，怎么来养活他呀？眼下我们要到别的地方去谋生，不知道到哪里落脚？这里的神灵要我们放弃父母留下的田地财产，赶我们到别的地方去。"

妻子听后，也跟着抽泣起来，她实在不想离开自己过惯的老家。但帕纳夫妻俩不得不收拾行李，然后把行李放在一个大网兜内，准备明早动身上路。

就在当天午夜时分，一伙强盗突然闯进了帕坎的家，把帕坎家的金银财物洗劫一空，他们把帕坎夫妻俩各自绑在春米石臼架子的柱子上。当强盗们正要举起长杆朝帕坎夫妻俩的头上打去时，帕纳夫妻俩听到动静，迅速翻身下床，高声喊叫，并拿起锅盆猛地敲响，跑去救助，但一到帕坎家，强盗们已逃走了，他们看见帕坎夫妻俩被绑在石臼柱子上浑身发抖，长杆滚在石臼旁边。帕坎夫妻俩见帕纳夫妻俩来援救，十分感激，但心里直埋怨帕纳一家怎么不早一点来帮忙。帕坎心想，自己没有金钱了，还不如死了的好，而帕坎的妻子更加憎恨妒忌帕纳一家，因为她不能像帕纳的妻子一样能生一个儿子。但他们嘴上却对帕纳夫妻俩说："我们是邻居，应互相关照，你们也就别去远处了，先跟我们住在一起。"

帕纳看到帕坎一家所有的东西都被强盗抢光了，现在只有一座空屋，就把自己家仅剩下的一点粮食和物品分给他们，但不想搬到他们家住。而帕坎甜言蜜语地对帕纳说，他将像自家人一样照顾疼爱帕纳的孩子。帕纳觉得盛情难却，就在帕坎家里住下了。

帕坎夫妻俩只是在表面上待帕纳一家好,内心却充满了妒忌和憎恨,他们让帕纳一家住在自己家,是为了好做个伴,因为担心强盗再来谋杀他们,另外也是为了缓解断粮之急。

一天,帕纳到自己家的园子去采摘香蕉,看到整挂香蕉都黄澄澄熟了,心里很高兴,但当他仔细一看,发现每个香蕉只剩下皮,里边的果肉全被掏空了。他就去问妻子,妻子说不知道;他去问帕坎夫妻俩,他们也直摇头摆手说不知道;他去问田鼠,田鼠说:"我们没有吃,只看见过黑头发、细脖子的人每天来这里抠吃香蕉。"帕纳一听便恍然大悟了,就是帕坎夫妻俩偷吃的,但他也没有说什么,怕伤了朋友间的和气。

有一天早晨,帕纳把鱼烤熟了放在碗架上,准备中午吃,但到了中午,碗架上只有烤鱼的骨头。帕纳问妻子,妻子说不知道;去问帕坎夫妻俩,他们也摇头摆手说没有吃;他去问鸡,鸡说:"我没有吃,只看见黑头发、细脖子的人用叉子把鱼肉吃掉了,留下鱼骨头。"帕纳明白是帕坎偷吃的,但还是没有说什么。

许多天以来,帕纳总是为每个人做了吃的,但帕坎夫妻俩总是先偷吃光,一点也不剩,他们想饿死帕纳夫妻俩,然后把帕纳的儿子养大,好在年老时有个依靠。而帕纳夫妻俩得知帕坎夫妻俩偷吃了东西,也没有生气说什么,他们自己设法另找吃的,所以才没有饿着。

帕坎夫妻俩眼看一计不成又生一计,心想帕纳的儿子一天天长大了,快可以依靠他了,所以必须干掉他的父母才行,于是就采来毒草,将其捣碎后,偷偷放入汤锅内,企图让帕纳夫妻俩喝下后中毒而死。

帕纳的儿子已长到能走路了,是个非常懂事的孩子,父母给他起了个名字叫陶敦。陶敦看见帕坎夫妻俩把毒草放入汤锅里要毒死自己的父母,就悄悄跑过去先喝完了整锅汤,因为陶敦是观音显灵后生下的孩子,所以他不会像常人那样中毒。陶敦喝完了汤,就去捡来可吃的野菜做成汤让父母喝,他的父母从田地回来后,看见锅里有汤,便一起喝了。帕坎夫妻俩暗中窥视,却见帕纳夫妻俩没有被毒死,便再生一计。他们找到在村头林子中曾经喂养过的一只老虎。帕坎对老虎说:"我的老朋友虎大王,以前我有钱的时候,经常买肉来喂你,为了不让你吃我,是吗?现在我有个仇敌来欺侮我,我想请你帮个忙行吗?"

这只老虎是林中百兽之王,看见有人来这样请求,便耀武扬威,张牙舞爪,大声吼叫起来:"哈呼,哈呼,谁敢来欺负我虎大王的朋友,快告诉我,我要吃了他给你看!"

帕坎编造说:"有个邻居,他们要抢我的财产,要杀我们夫妻俩,你就把他们吃了吧!"

老虎说:"你让我在哪里吃他们?"

帕坎说:"明天,你就躲在去帕纳夫妻俩稻田的路边的草丛中,当他们走过时,你就扑上去把他们吃了。"

老虎满口答应说:"好,好,这一点也不难,你真会给我找吃的,我决不忘记你的恩情!"

第二天清晨,帕纳夫妻俩把儿子放在帕坎家里就和往常一样到田地干活去了,但快到半路上时,就听到路边人声鼎沸,他们就悄悄拐到那里去看个究竟,原来是一伙强盗,正在地上挖坑,准备把抢来的黄金珠宝藏在那里。这一伙人正在为分赃不均而争吵不休,进而大动干戈,混战一场。没一会儿,这伙强盗相互残杀,当场全部毙命,留下一只被打开的箱子,里边的黄金珠宝撒落一地。帕纳夫妻俩见此情景,立即意识到这正是邻居帕坎家被偷的黄金,就马上返回叫帕坎夫妻俩来取这些黄金。当他们回到家时,却不见帕坎夫妻俩的影子,就问儿子陶敦。陶敦告诉父母说:"他们跟着你们到田地去了。"

帕纳夫妻俩走出家门不多时,帕坎夫妻俩就悄悄地跟着走出家门,想看看老虎是否把帕坎夫妻俩吃了。当帕坎夫妻俩来到去帕纳家稻田的路上时,老虎瞥见一男一女正低头走过来,以为是自己朋友的仇敌来了,立即扑过去,一下子咬住了他们的脖子,他们还没有来得及喊出声来,就一命呜呼了。老虎趴下,用力撕扯着帕坎夫妻俩身上的肉,一口一口地吞下,不一会儿,只剩下一堆骨头。

当帕纳夫妻俩路过那里时,看见血流满地,走近细看,只见两个人的骨头横七竖八地堆在一起,他们立即明白帕坎夫妻俩被野兽吃了。他们感到十分可惜,失声痛哭起来。他们捡起帕坎夫妻俩的遗骨焚烧以便火葬，等到骨灰凉下来时，他们发现骨灰不见了，只见一群小虫子嗡嗡乱飞，这些虫子就是现在的苍蝇。

观音为了惩罚这对作恶多端的帕坎夫妻，让他们死后变成了专门叮爬、舔吃那些肮脏腐臭东西的苍蝇。从此以后，人们见了苍蝇都非常讨厌恶心。

后来，帕纳夫妻俩就把帕坎的黄金拿回家，用来修建房屋，抚养儿子，同时分送给附近的穷苦人家，继续勤劳务农，过着自给自足的生活。

神奇的小水洼

**在**班纳迪村,有个名叫都西的老大爷,今年 60 岁,头发全白了。村里跟他一辈的老人大多头发都花白了,但也有不少人不服老,把白发染成黑发。虽然不能欺骗别人,但至少还能安慰自己。

都西大爷平时除了种地之外,还外出到森林里采摘蘑菇等山货,拿回家作为食物,如果吃不完,就拿到集市上卖,换点钱贴补家用。

都西的老伴叫坎迪,比都西小两岁,头发也都全白了。她在家养鸡、洗衣、做饭,干些家务。

一天,都西大爷和平常一样,一大早带着柴刀、篮子去森林里采摘蘑菇。坎迪则在家里准备午饭。

下午时分,一个陌生小伙走进了村子,在坎迪大娘家的高脚屋下停了下来。陌生小伙放下手中的柴刀和装满蘑菇的篮子以及一卷藤条,走进屋旁的水缸,舀水洗脸洗脚,然后准备上梯进屋。

正在屋旁喂鸡的坎迪大娘见了,十分惊讶,就对他大声喊道:

147

"喂！你是哪一位？来找谁呀？怎么这么没有礼貌就直接进屋呀？"

"哟！你今天怎么啦？跟我开什么玩笑！"陌生小伙答道。

坎迪大娘一听，越发生气，立即抄起靠在粮囤旁的一把铁铲，一手指着他的脸吼道："谁跟你开玩笑！赶紧离开，你要是不走，小心我的铁铲！"

陌生小伙一看这架势，再也不敢说什么。

坎迪再次发出逐客令："请你马上离开！"

陌生小伙只好顺从地从高脚屋梯子下来，站在院子中间。

坎迪再次盘问："你是谁？究竟来干什么？"

"我不敢告诉你我是谁！"陌生小伙战战兢兢地回答。

坎迪定睛细看，发觉这个人好像有点面熟，心想是不是都西的侄子。

"孩子，你究竟是谁？从哪儿来，好生告诉我，我不会打你的！"坎迪大娘温柔地说。

"我就是都西呀！你怎么不认得我啦！你怎么这么糊涂呀，差点把我打死！"陌生小伙万分委屈地哭诉道。

这时，坎迪大娘从头到脚反复打量着这个陌生小伙，她似乎恢复了记忆，觉得他跟几十年前的小伙子都西长得一模一样，但她还是无法理解今天一大早离家时还满头白发 60 岁的都西老伴，回家后怎么一下子变成了满头黑发、脸上没有皱纹的 20 来岁的小伙。

"究竟是怎么回事？你倒是好好讲清楚,你要是敢骗我,小心我手中的铁铲!"

陌生小伙一五一十地道来:"今天早上,我进到森林深处,先采了一篮子蘑菇,又割了一大卷藤条,正当我准备回家的时候,突然觉得头昏眼花,分不清方向,怎么也走不出森林。身上带的水也喝光了,我走了半天还是找不到回家的路,又十分口渴。这时,正好看见一棵大榕树,树洞中有一个清亮的小水洼,我就削了一根竹子,做成竹筒,一连舀了三四筒水,喝完水后,顿时觉得浑身是劲,头脑也清醒了,还记起了回家的路,终于走出了森林。回到家后我洗脸洗脚,准备上梯子进屋,不料被你大声呵斥,赶下梯子!"

坎迪大娘揉了揉眼睛,再次仔细地打量着那个陌生小伙,问道:"究竟是怎么回事,白发老头怎么能变成黑发小伙?"

"我变成小伙子了吗?"陌生小伙惊叫起来,他赶紧对着镜子照了照,说:"啊呀!还真是这样啊!"

但是坎迪大娘还是没有轻易相信他的说辞,怀疑有人来骗她。她走过来看了看陌生小伙带回的砍刀、装蘑菇的篮子,正是都西用过的东西,看他身上穿的衣服也都是都西的衣服。她心想:是不是他杀害了都西,然后穿了都西的衣服来骗我?于是她说:"为了证明你是都西,请回答我的问题,要是你全答对了,我就相信你!"

陌生小伙一听,觉得自己的老伴很有警惕性,不轻信别人,感到很欣慰,就很自信地说:"那你就随便问吧!"

"我家最值钱的东西有哪些呢?"

"噢,最值钱的东西有你的一条金项链,重三钱,我的一条金项链,重二钱,你的一枚钻石戒指,两对耳环,两个手镯,其中一个手镯有裂纹了,还有一个犀牛角,就在床头的小柜中。"

坎迪一听,默默点头,心里嘀咕着,难道他真的是都西吗?接着她又问:"你说说咱们有几个孩子,几个孙子,现在他们都在哪里?"

"哟!你还不相信我啊?咱们有四个孩子,大儿子五岁时被疯狗咬伤,九岁时去世了。老二是女儿,已成家,她家有四个孩子,他们一家住在巴色。老三是儿子,当教师,已搬到琅勃拉邦,也成了家,有两个孩子。最小的女儿叫沙蒙,也有两个孩子,现在她跟她丈夫去万荣探亲,已经去了四天了。怎么样?你该相信我了吧!"

"噢!我相信了,你就是都西!"坎迪心服口服,说着走进厨房,准备饭菜给他吃。

正在吃饭的时候,坎迪又好奇地问都西:"你说的那棵大榕树在什么地方?什么方向?离家有多远?我也想喝小水洼中的水,像你变成小伙一样变成年轻姑娘!"

都西马上说:"如果想喝那儿的水,你就不必去啦,我去给你拿回来!"

坎迪却不愿意,心想还是亲自去喝才灵验。都西拗不过她,就详细地告诉她那棵大榕树在什么方位。

坎迪听后高兴地说:"噢!那我知道了。前几天我进森林时,曾在那棵大榕树下歇过凉,只是没有留心树洞下有小水洼。"坎迪忙向都西告辞说:"我进森林去找那棵大榕树,喝树洞下面小水洼的水!"

都西目送着坎迪远去的背影。

就在坎迪大娘离家进入森林后不久,到万荣探亲的女儿女婿回来了,看见满头黑发的父亲都西,都大吃一惊,不敢相信。都西从头到尾向他们叙述了事情的经过,女儿女婿才相信。后来这个消息在村子里传开了,许多人都来看望都西并向他询问事情的来龙去脉,大家感到十分惊喜,都在迫切等着坎迪大娘变成年轻的姑娘回来。

一直等到太阳下山快天黑了,还不见坎迪的影子,大家于是纷纷猜测道:"这么晚了还不回家,是不是遇上什么野兽了?"

都西和女儿女婿更是焦急万分,坐立不安。到了晚上八点多了,仍不见坎迪回来,大家越发觉得坎迪可能遇上了什么危险。

大家立即决定到森林里去寻找坎迪。于是他们带上了对付野兽的柴刀、长矛、猎枪,点亮火把后走进了森林。

当人们来到有小水洼的大榕树树洞旁时,也没有发现坎迪,就举着火把围着大榕树转了几圈,最后才发现大榕树树根旁的不远处躺着一个三四个月大的小女婴,正在那儿不停地挣扎着。都西睁大眼睛一看,小水洼中的水一点儿都没有了,便大声说着:"哎呀！难怪呀！坎迪她喝这水喝得太多了,本来能变成年轻姑娘,可她喝过头了,就变成小女孩了!"

最后,人们只好赶紧抱起小女孩回家了。

麻雀的故事

一群麻雀栖息在树林里,它们经常飞到附近的村庄去觅食。

一天,这群麻雀飞到村里最有钱的财主——塞梯的家门前,悠闲地吃着他家晒在院子里的稻谷。塞梯见了,十分恼火,立即找来竹竿,狠狠地朝它们打去。不幸的是,一只麻雀来不及飞走,被塞梯一把抓住,狠心的塞梯竟然残忍地用剪刀剪掉了它的舌头,然后把它放走,以示惩罚。

这只受伤的麻雀忍着剧痛飞到穷苦的绍纳的家门口后,停了下来。好心的绍纳见了,非常同情它,就拿出自己家的稻谷来喂养它。不久之后,这只麻雀又重新长出了舌头,在依依不舍地告别了绍纳后,便飞回到它的伙伴中去了。

树林中的麻雀看见失踪的伙伴又回来了,都十分高兴,决定为它设宴压惊。那只麻雀向大伙讲述了事情的经过,并建议邀请它的救命恩人——绍纳出席这次宴会,大伙儿欣然同意,于是它把绍纳请来了。酒足饭饱之后,麻雀拿出了金的、银的和木的三口箱子,让绍纳任意挑选一个。

忠厚朴实的绍纳,随手挑了一口小木箱。麻雀告诉他,在回家的路上千万不能打开箱子,绍纳照做了。回到家后,绍纳打开一看,哟!里面全是金银珠宝。绍纳把这些财宝卖了,从此,绍纳成了一个很有钱的人。

当塞梯得知绍纳发财的原因后,十分眼红,他就故意把稻谷撒在家门前来引诱麻雀。这回他不再像以前那样凶狠地赶麻雀了。麻雀也就大胆地吃起来。后来,麻雀为了报答他,也邀请他来参加宴会,还像对待绍纳一样,拿出了金的、银的和木的三口箱子,让他任意挑选一个。

贪心的塞梯,还没有等麻雀把话说完,就朝那口最大的金箱子扑过去,他迫不及待地打开箱子,满以为能像绍纳一样得到许许多多的金银财宝,谁料箱子里装的全是毒蛇、蝎子和蜈蚣等毒物,塞梯顿时吓得面如土色,晕倒过去。那些毒蛇、蝎子和蜈蚣纷纷从箱子里爬出来,把贪婪的塞梯当场咬死了。

岳父和女婿

一个老头有两个女儿,先后都成了亲,老头偏爱大女婿,对小女婿常常没有好脸色,还把所有重活都分配给小女婿干。

有一天,岳父安排大女婿下地干活,小女婿跟他去城里换盐。岳父骑着马,小女婿在后面走,心里直嘀咕岳父的偏心。到了城里,换了盐,二人就往回赶路。岳父说盐少,又容易洒,所以让小女婿扛着,他自己骑上马走在前边。小女婿扛着盐袋走在后面,一路辛苦,一路怨愤。

后来他们到了一个小树林里,小女婿哼起了小曲儿缓解疲劳,岳父在前边听着小女婿欢快的歌声,心里直纳闷这小子怎么这么开心,于是试探着问他累不累。小女婿回答说走路实在是件幸福之极的事情,累了就歇,困了就睡,进了森林,还可以遍尝野果,不像骑马的人,一直被颠得头晕眼花,想闭眼休息会儿,还担心会从马背上跌落下来。岳父听小女婿这么一说,心痒痒的,好说歹说硬是跟小女婿调了个儿,让小女婿骑马走在前面,他自己下来扛着盐袋跟在后面。小女婿一跨上马，便策马飞奔，一溜烟不见了人影；岳父扛着盐袋，踉踉跄跄地跟着，直走得汗流浃背，这才知道上了当，却又无可奈何。

走着走着，岳父来到一个小水塘边，只见里面鱼群游来游去。岳父放下盐袋，跳下水洗了个澡解乏。他想，累得实在背不动了，一定要找个地方把盐袋藏起来，改天再过来取。可是找来找去，觉得哪儿也不合适，唯恐被路人发现了偷了去，最后，他终于找到一个好地方——水里，于是他把盐袋藏到池塘里，请小鱼儿们代为保管。藏好以后，他便急匆匆地赶回了家。而小女婿早已悠闲地在家歇着了。

第二天，天刚蒙蒙亮，岳父便带着小女婿去水塘取盐，这次他自己骑着马走在前面，让小女婿在后面跑着跟着。到了水塘以后，却怎么也找不着盐袋了，岳父让小女婿把池塘里的水都泼干了，却还是不见盐袋的踪影。岳父心想肯定是这些小鱼把盐都给偷吃了，一怒之下，他把水塘里的鱼一条条都抓起来摔死了，最后在泥潭里抠到一条胡子鲶，可怎么抓也抓不住。小女婿建议岳父抓住胡子鲶两鳍的根部，岳父盛怒之下，也没多想，便照办了，结果被胡子鲶胸鳍两侧的硬刺刺进了手掌，怎么也拔不出来。岳父疼得眼泪直流，却又碍于面子，不敢大叫，只能哼哼着。于是两人一起去森林中找草药。

小女婿上了山，岳父在山脚等着"神药"。小女婿一上山便一边滚大石头,一边大喊着让岳父躲开。岳父见一个接一个的大石头朝自己砸下来,吓得左翻右滚,被折腾得筋疲力尽,浑然不知胡子鲇早已钻出来了。最后,小女婿终于从山上下来了,岳父高兴地问他是否采来了神药,小女婿回答说刚才已经把神药滚下来了。岳父一听,恍然大悟,无话可说,心力交瘁地回家了。

两 个 骗 子

很久很久以前,有两个商人,分别住在两个城市里。两个人都以做买卖为生,从这个城市买了东西去那个城市卖。两个人有个共同的特点,那就是欺骗别人来给自己牟利。

一天,两个商人在路上碰见了。商人甲挑着腌醋鱼瓮,商人乙挎着大刀,各自吆喝叫卖。两人见面后寒暄了一阵,最后决定交换商品。

卖腌醋鱼的商人甲说:"在你们城市,有卖大条的腌醋鱼的吗?"

卖大刀的商人乙说:"据我所知,应该不多,有也是小个头的,不好吃,还全是壳。"

"哦,那我把这大腌醋鱼拿到你们那去卖,应该能卖得很好吧。"

"你可以试试。你们城市有铸大刀卖的吗?"

"也有卖的,但是都不大出名。"

"那我把这把大刀拿到你们那儿去卖,会有人买吗?这次我只拿了一把,如果买的人多的话,下次再多拿几把。"

"那就拿去卖好了。噢,要不我看这样好了。"

"怎样?"

"我们交换东西吧,然后拿到各自的城市去卖。"

"好啊,换就换。"

交换完东西之后,两个人便赶紧跑了,生怕漏了馅儿。回城的路上,双方都心想:那人真是太蠢了,让我这一骗就信了。哎呀,真是丢脸啊,还做生意呢。唉,不过,要不是这样的话,我不就亏本了吗?

走出了很远之后,两个人各自停下来休息,顺便检查换来的东西。卖大刀的商人打开腌醋鱼瓮,想看看是怎样的大腌醋鱼,是不是跟自己城市的差不多。一打开却傻了眼,哪有什么大腌醋鱼,只有三条小银条波鱼,剩下的全是些壳。

卖腌醋鱼的商人歇了一会儿,也想看看换来的大刀怎么样,是不是跟自己城市的大刀一样亮一样好。不过不管像不像,怎么也好过三条小腌醋鱼吧。谁知抽出刀来却发现只有连着鞘的刀柄而已。

两人检查完换来的东西,都准备折回去找对方算账,一边抱怨一边诅咒。可是想来想去,又各自回去了,边走边想:哎,原以为我过分,没想到他更过分,我是过分了点吧,谁知他竟然更胜一筹。

智　　慧

　　一只老虎从深山中出来,看见一个身材矮小的农夫和一头水牛正在犁地。水牛弯腰拉着犁,一步一步艰难地往前走,不时还被农夫甩过来的鞭子抽打一下,水牛却默默忍受着。老虎感到很不解。中午,农夫解下水牛身上的犁,水牛到田头吃草,老虎赶紧凑过来问:"水牛啊,我看你这么健壮,为什么还要忍受人的抽打呢?"

　　水牛悄悄地跟老虎说:"虽然人比较瘦小,但是他们有智慧啊。"

　　老虎一听,不明白什么叫智慧。水牛也不知该如何解释,就让老虎自己去问农夫。老虎便走到农夫跟前,礼貌地问道:"您好!请问您的智慧在哪儿? 能给我看看吗?"

　　农夫思考了片刻,说道:"哦,我的智慧放在家里了。如果你真想看的话,我回去给你拿。回头我分你一点儿也行。"

　　老虎听了非常高兴。

农夫站起来假装要回家,刚走了两步,仿佛想起了什么,又返回来,说:"我担心我不在的时候,你会不会把我的牛吃了呢?"

老虎有些慌乱,不知道如何做才能让农夫相信他的正直。

这时,农夫又说话了:"或者委屈你一下,让我先把你绑起来?这样我就放心了。"

老虎表示同意。于是农夫就用绳子把老虎紧紧地捆住,然后拿来干柴,点着了火,说:"这就是智慧。"

老虎全身都着了火,疼得直叫唤,拼命地想挣脱绳子。水牛见到这情形,笑得前俯后仰,一不小心把上面的牙齿撞到了石头上,全断了。火烧了很久才把绳子烧断,老虎一溜烟地逃进森林,连头也不敢回。

从那以后,老虎一出生就有黑白花纹,这就是被火烧过的痕迹。而水牛则直到今天也没有上牙。

乌鸦和孔雀

很久很久以前,森林里的各种动物都会说话,并能相互听懂。那时候,有一只乌鸦和一只孔雀,全身都长着洁白的羽毛,它们从小生活在一起,十分亲密。

过了一段时间,乌鸦和孔雀都觉得自己满身的白羽毛不好看,并感到了厌烦。于是,有一天,乌鸦就跟孔雀商量道:"你看我们从生下来一直到现在,全身的羽毛只有白色。我想如果能有其他颜色搭配,不是更美吗?"

孔雀听了,十分同意,说:"我跟你想得一样。你看那些鹦鹉,身上的羽毛色彩斑斓,看起来多美啊!"

乌鸦立即建议道:"我已想到一个好办法,非常简单!"

孔雀很感兴趣的追问:"什么好办法,快说呀!"

"我们去找一些颜料来,把我们的白羽毛涂上美丽的颜色呀!"

"可是谁来给我们涂呀?"

"我们俩相互轮流涂呗！"

孔雀欣然同意，就和乌鸦一起忙碌起来。它们找来了五颜六色的颜料和一些工具。乌鸦自告奋勇先给孔雀涂上颜色。乌鸦是个画技高超的画家，它把孔雀身上的每一根羽毛都细心地涂上各种不同的颜料，一直到太阳快要下山了才涂完。这时，原来的白孔雀立刻变得色彩缤纷，花枝招展，分外美丽。乌鸦和孔雀都很高兴。

第二天，轮到孔雀给乌鸦涂颜色了。原来，孔雀比乌鸦更是技高一筹，画得更仔细更耐心。刚开始，孔雀给乌鸦涂得还算顺利。可是，时间一长，乌鸦就感到不耐烦了，这时又正好听到森林中的其他动物的大声欢叫，它们在邀请乌鸦和孔雀一起去参加一个联欢会。

乌鸦催促孔雀说："你就快点吧，大家都在叫我们呢！"

孔雀劝道："别急！别急！马上就要完工了！"孔雀还在认真仔细地涂着。一心想要出去玩的乌鸦实在急不可耐，就猛然跳进地上的颜料盘子，还扑棱扑棱滚了几下，颜料盘里的所有颜料都混合在了一起，把乌鸦涂得浑身漆黑。

从此以后，乌鸦的白羽毛就变成了黑色，而孔雀则拥有美丽的羽毛。

兔子的智慧

狮子当了森林之王后,就挑选熊、猴子和兔子作为大臣,可是事隔不久,狮子对它们厌恶起来,想吃掉它们。但狮子觉得这三个大臣是自己决定任命的,要把它们吃掉,必须先找个借口才行。

于是,狮子把熊、猴子和兔子叫来,然后郑重其事地对它们说:"你们三位大臣为我效劳已经很久了,现在我要问问你们,你们今后还继续效忠于大王我吗?"说着,狮子张开大口,首先问熊:"熊大臣,请你闻闻我嘴里有什么气味?"

因为狮子是食肉动物,它嘴里当然会有一股腥臭气。而熊一向忠诚老实,所以就脱口而出说:"禀告大王,您嘴里有一股难闻的臭味。"

狮子一听,大为恼火,怒吼着:"你竟敢当面诬蔑大王我,太放肆了,你这个大逆不道的混账东西,应该判你死罪!"狮子话音未落,便猛扑过去,把熊当场咬死。

狮子接着就问猴子:"猴子大臣,你闻我嘴里是什么气味呀?"

猴子亲眼看到熊的命运,吓得胆战心惊,它思忖着,要想活命,只有吹捧,说好听的,于是回答说:"禀告大王,您嘴里有一种浓重的香味,就像最芳香的鲜花一样。"

狮子一听,怒容满面地斥责说:"你这个吹牛拍马的骗子,我是吃肉的,谁不知道我嘴里只有一股臭味。你这个心术不正、阿谀奉承的大臣,是危害国家的祸患!"说着,狮子抓住猴子,将它掐死了。

狮子转过脸,问兔子:"聪明的兔子大臣,请问我嘴里哈出来的是什么气味呀?"

兔子胸有成竹,不慌不忙地说:"尊敬的大王,十分抱歉,最近我得了感冒,鼻子不通,呼吸不畅,请求大王先让我回去休息几天,等我感冒好了,再来拜见大王,禀告是什么气味。"

狮子一听,一时无言以对,只好让兔子回去休息。

从此以后,兔子再也没有靠近狮子。

真 相 大 白

从前，在孔卡河旁生长着一片茂密的糖棕树林和许多桤果树。一天，一只兔子来到一棵桤果树下躺着休息，它十分担忧地想：我躺在这里，要是大地翻倒过来，那我可没命了。它想了很久，怎么也睡不安稳。后来，它实在太困倦了，就不知不觉进入了梦乡。

这时，一个熟透了的桤果从树上掉落下来，碰到糖棕树的叶子，发出沙沙的声响，兔子立即从梦中惊醒。它睡眼惺忪，没有看清究竟是什么，以为大地真的要翻转过来了，便不顾一切地拔腿就跑。

在路边的兔子们看见了，大声地问道："瞧你慌慌张张的，出了什么事啦？"

兔子一边跑，一边煞有介事地回答说："要是你们还想活命，赶快逃吧，大地就要翻倒了。"

兔子们听了，信以为真，不假思索地跟着那只兔子一起逃跑。

一群老鼠看见兔子们惊慌失措地奔跑,不解地问道:"喂,兔子,发生了什么事啦?"

兔子们回答说:"听说大地就要翻倒了,赶快逃命吧!"

老鼠听了,毫不怀疑,跟着兔子们奔跑起来。

一群鹿看见成群逃窜的老鼠,奇怪地问道:"喂,老鼠,出了什么事啦?"

老鼠上气不接下气地说:"大地就要翻倒了,你们还不快逃命?"

鹿听了,十分害怕,跟着老鼠逃奔。

一群野牛看见鹿仓皇逃遁,惊诧地问道:"到底出了什么事啦?"

鹿气喘吁吁地说:"大地就要翻倒了,赶紧逃命吧!"

野牛一听,认为是真的,便跟着一起狂奔。

一群老虎看见狂奔着的野牛,关切地问道:"你们干吗那样急急忙忙地逃跑呀?"

野牛一本正经地说:"大地就要翻倒了,还不快逃命? 你们要是不怕死,那就待着好了。"

老虎听后,深信不疑,它们惊叫一声,也跟着跑起来。

大象看见老虎丧魂落魄地奔跑,便立即上前打听:"喂,老虎先生,到底发生了什么事啦?"

老虎急促地回答:"哎呀,大象老兄,你们长得身高体大,大概不怕死吧？大地就要翻倒了！"

大象一听，确信无疑，跟着逃跑。

就这样一传十，十传百，森林中许许多多的动物都跟着狂奔乱逃，杂乱的脚步声响彻大地，仿佛大地真要翻倒似的。

一头狮子闻声从山洞中走出来，看见一只兔子正带领着许多动物逃窜，觉得十分惊奇，便大声问兔子："喂，兔子，你们这样慌慌张张，出了什么事啦？"

兔子立即回答说："尊敬的大王，难道您还不知道大地就要翻倒了吗？您想活得长寿，赶快跟我们逃跑吧！"

狮子又问了其他动物，它们也都这样说。狮子听后，独自思忖起来：大地果真要翻倒了，那么是谁最先看见或听见的？前面就是一条又宽又深的大河，这么多的动物盲目地逃窜，非得淹死不可。我一定要问清楚。

狮子疾步跑到许多动物面前，雷鸣般地吼叫了一声，动物一个个都惊呆住了，纷纷停住了脚步。狮子大声盘问道："你们都说大地就要翻倒过来，究竟是谁第一个知道的？"

动物们回答说："我们都这样听说，就跟着逃跑。"

狮子回头问兔子们："你们说，究竟是谁告诉你们的？"

兔子们指着站在最前面的一只兔子说："就是它告诉我们的。"

那只带头的兔子以为狮子要伤害自己，吓得浑身哆嗦。

狮子和颜悦色地走近它，问道："小兔子，不用害怕，你是怎么知道大地就要翻倒的？"

兔子跪在地上，战战兢兢地说："禀告大王，我是在糖棕树林里亲眼看到的。"

狮子立即让兔子带它看个究竟，但兔子说："我害怕，不敢去，请大王一个人去吧！"

狮子安慰它说："不用怕，要是大地真的翻倒了，我就把它再翻正过来。"

说着狮子让兔子骑在自己的背上，来到了那片糖棕树林。

兔子指着它原来睡觉的地方说："就在这里。"

狮子仔细看了看，没有发现什么异常的情况，只看见一个熟透了的杧果掉落在那里。狮子立即恍然大悟地对兔子说："啊！原来是这个从树上掉下来的杧果才把你吓成这个样子，以为大地就要翻倒了，许多动物轻信了你，也都跟着瞎跑。要不是我亲自来看看，你们非得淹死在大河里不可。"

说完，狮子又驮着兔子回到了许多动物集合的地方，向它们讲了事情的真相，大家才发现原来是虚惊一场。

朋 友 之 道

从前,有一只乌龟和一只猴子结交成好朋友,它们互相帮助、照应。乌龟保证说,将帮助猴子在需要过河的时候驮它过去。猴子保证说,将带领乌龟到密林深处观光觅食。

一天清早,猴子醒来后,告别妻儿,穿过树林去找乌龟。来到乌龟的住处后,猴子大声喊道:"喂!乌龟老兄在家吗?"

性情冷静、沉默寡言的乌龟听到喊声后,头从甲壳内伸出来,慢条斯理地说:"哎!在家。噢,猴子老弟,你一清早来找我,有什么好事呀?"

"当然有啦!今天我要请你一起去吃木奶果。现在正是木奶果成熟的季节,熟得红透了的木奶果挂满了枝头,真是香甜可口呀!你喜欢吃吗?"

"喜欢,非常喜欢。但可惜我不会上树呀!"

"这你不用担心,由我负责好了。"

猴子一边说一边来回地跳来蹦去,以显示它高超的跳跃本领。

乌龟看在眼里,连连点头叫好。

猴子催促说:"老兄,现在就动身吧!"

乌龟满口答应说:"好!"

乌龟看见猴子带上了一个大口袋,马上也找来了一个大口袋,心想自己吃饱后,还要把木奶果装在口袋里带回来送给妻儿吃。

于是它们俩一起来到了一片茂密的木奶果树林。猴子对乌龟说:"你就在下面等着,我上树去摘果子。"

说着,猴子一下子蹿到一棵木奶果树梢上,灵巧敏捷地跳来跳去,攀来攀去。乌龟看在眼里,连连摇头,自愧弗如。

不一会儿,乌龟发现有一个东西啪的一声掉落在面前,乌龟立即捡起来,一看,原来是一个空空的木奶果的壳,里边的果肉已被猴子吃光了。接着,木奶果的壳接二连三地掉落下来,乌龟眼巴巴地看着,馋得口水不停地从嘴角两边流淌下来。它高仰着头,朝正在木奶果树上忙碌的猴子说:"喂,老弟呀,你摘几串木奶果给我吃吧!"

但是乌龟没有听到猴子的回答,而木奶果的空壳还是不停地掉落在乌龟的四周,乌龟开始怀疑猴子不够朋友,在暗中使坏。

在树上的猴子只顾自己,专挑熟透了的木奶果一个接着一个津津有味地吃着里边的果肉,而把木奶果的空壳随便乱扔,根本没有想到等在树下的朋友乌龟。猴子吃得肚子胀鼓鼓的,腮帮子也鼓了起来,口袋也装满了后,就在木奶果树的树杈上躺下,悠然自得地睡着了。

　　而在树下等着吃木奶果的乌龟，一直等到正午也没有吃到一个木奶果，肚子开始咕咕地叫起来。乌龟再也忍耐不住了，对着树上的猴子大声骂道："你这个坏蛋，你在骗我，耍弄我！"

　　而猴子还在呼呼地酣睡着。这时，乌龟灵机一动想到了一个妙计，决定战胜猴子，便悄悄地爬走，离开了猴子。当它来到路中央时，就在地面上挖了一个洞，把整个身子钻进洞内，只留尾巴竖立起露出地面，等待着猴子路过。

　　猴子睡足醒来以后，又接着吃了一些木奶果，然后从树上爬下来。发现乌龟不见了，它便大吃一惊，觉得大事不妙。它竖起耳朵，快速地转动着眼珠，现出惊恐的神色。它担心老虎会突然追赶过来咬断自己的脖子，便拔腿就跑。跑到路中央，它一不小心碰上了露在地面上的乌龟尾巴，重重地绊了一跤，仰天倒地，装木奶果的口袋也随之翻倒，木奶果四处滚散。

　　这时，乌龟暗自高兴，立即扯开嗓子学着老虎的叫声，连连吼了起来。猴子听了信以为真，顾不上拾捡散落在地上的木奶果，头也不回地飞奔回到自己的家。

　　乌龟马上钻出地面，不慌不忙地把猴子散落在地上的木奶果一个一个地装进自己的口袋，然后背起满口袋的木奶果，兴高采烈地踏上回家的路程。

　　当乌龟一回到家，正看见猴子跑过来迎接自己。猴子看见乌龟的背上背着一大口袋木奶果,十分惊奇地问道:"你从哪里得到那么多的木奶果?"

"就在木奶果树下呗!"乌龟头也不抬地回答。过了一会儿,乌龟反问猴子:"你摘了多少木奶果呀?"

猴子红着脸说谎道:"我在到处找你,哪摘什么木奶果?"

乌龟看透了猴子的真面目,再也不跟猴子交朋友了。

乌龟和金翅鸟

一只金翅鸟在海滨上空款款飞过,它看见一只乌龟正在慢悠悠地爬行,立刻俯冲下来,把乌龟紧紧抓住,想一口吃掉它。

乌龟遭到这突如其来的袭击,一时不知所措,但它马上镇静下来,急中生智,立刻想出了一个应付的办法。它平心静气地对金翅鸟说:"金翅鸟大王,请先听我说,您作为百鸟之王,对我突然袭击,这并不表明您有多大的本领。假如您真是本领高强,那您先放下我,然后咱们堂堂正正地来比试比试,要是我输了,我心甘情愿让您吃。"

金翅鸟听了,为了不失自己的尊严,就欣然同意,放下乌龟,问道:"那你说咱们比试什么呀?"

乌龟装着思索的样子,然后回答说:"金翅鸟大王,我想咱们比赛横渡大海,您看怎样?您在空中飞,我在水下游,看谁先到对岸,要是您赢了,您就吃掉我。"

金翅鸟一听,不禁大喜,心里讥笑着乌龟的愚蠢无知:这只傻乌龟,自以为聪明,我能日飞千里,它充其量只能游几里,看来它必定是我的口中之食了。于是金翅鸟满口答应,并和乌龟商定好两天以后正式开始比赛。

等金翅鸟飞走后,乌龟立即邀集大海中许许多多与它身体同样大小的乌龟兄弟帮忙,要它们从大海的这边一字儿排列起来一直排到大海的对岸,并要它们一个接一个地答应在空中飞翔的金翅鸟的喊叫声。乌龟兄弟们听了,都十分乐意帮忙。

到了比赛的那天,金翅鸟准时飞来找到乌龟,乌龟说道:"金翅鸟大王,您在空中飞,可能看不见我在水中游,您就一边飞,一边大声喊我的名字,看谁先到达对岸。"

金翅鸟点头同意,便振翅起飞,乌龟也同时下水。金翅鸟一路飞翔,一路叫喊着乌龟的名字,只听到乌龟一直在前面答应着,金翅鸟感到十分惊奇,便奋力疾飞,但怎么也赶不上乌龟。当它筋疲力尽地飞到对岸时,发现乌龟已在那里悠然自得地休息了。

金翅鸟十分羞愧,无地自容,只好甘拜下风,不敢再吃乌龟了。

猴子和鳄鱼

在长满了各种各样野果的树林里,有一群猴子愉快地生活着。树林旁有一条清澈的溪流,一对鳄鱼经常在那里觅食,偶尔还吃到猴子扔在溪中的果子。有一次,一只老猴子看见鳄鱼在啃猴子吃剩的果子,感到鳄鱼十分可怜,就特意挑选了几个熟透了的果子扔给鳄鱼吃。鳄鱼十分高兴,就和猴子结为亲密的朋友。

一天,雄鳄鱼又得到猴子扔给它的一个大果子,自己舍不得吃,拿回去送给雌鳄鱼吃。雌鳄鱼一边吃着香甜的果子,一边眉开眼笑地问雄鳄鱼:"这么好吃的果子,你是从哪里弄来的?"

雄鳄鱼说:"是我的朋友猴子送给我的。"

雌鳄鱼听了,思忖着:生活在树上的猴子,整天跳来跳去,从没有摔死过,它每天都吃着香甜的果子,想来它的心味道一定更美,得想法尝尝猴子的心。于是它假装生起病来,整天躺在那里,一动也不动,什么也不吃。

雄鳄鱼发现了,十分关心地问:"你怎么啦?哪儿不舒服?"

雌鳄鱼装出十分可怜的样子说:"我已经怀孕三个月了,什么东西都不想吃,就想吃猴子的心,要是吃不到猴子的心,我就得死。"说着它伤心地哭起来。

雄鳄鱼为难地说:"猴子生活在高高的树上,怎么能弄到它的心呢?"

雌鳄鱼抹着眼泪说:"我是你的妻子,猴子是你的朋友,你究竟爱你的妻子还是爱你的朋友,假如你爱妻子胜过你的朋友,那你就把你的朋友骗来给我吃,不然,你就是恨我,我就得死。"

雄鳄鱼被说得一时不知怎么办才好,它安慰妻子说:"你别着急,我一定想办法将我的朋友骗来让你吃它的心。"

说着,雄鳄鱼迅速游到岸边,对猴子甜言蜜语地说:"我的好朋友,我和你交朋友已经很久了,可每次总是我来找你玩,吃你的果子,这次我想邀请你到我住的地方去看看、玩玩,你看好吗?"

猴子对鳄鱼的一片盛情十分感激,便欣然同意说:"好,太感谢你了。可是我怎么去呀?"

鳄鱼马上接着说:"那好办,你骑在我背上,我带你去。"

于是猴子从树上跳下来,十分得意地坐在鳄鱼背上。鳄鱼驮着猴子立即往宽阔的水面游去。过了一阵,当鳄鱼快游到自己的住所时,鳄鱼觉得猴子再也无法逃脱了,就凶相毕露地对猴子说:"我的朋友,我妻子正在怀孕,它只有吃你的心,才能救它的命,所以我把你骗来了。"

猴子一听,顿时大惊失色,手足无措,但它立即镇静下来,不慌不忙地对鳄鱼说:"哎呀,我的朋友,你想要我的心,怎么不早说呀? 你看,现在已经到这里了,我怎么把心给你呢? 你要知道,我们猴子都生活在树上,喜欢在树枝间跳来跳去,从来不把心放在身上,因为怕摔下来,把心摔碎,所以我们一直把心挂在树梢上,这样我们即使从树上掉下来,也不会摔死。现在你想要我的心,你只有带我回去,我才能把心给你。"

雄鳄鱼听了,对猴子的话深信不疑,就请雌鳄鱼一起送猴子回去。当它们来到猴子生活的树林边时,猴子指着树梢上一个熟果子说:"我的好朋友,我的心就挂在那里。"说着,猴子纵身一跳上了岸,迅速爬上了树,回过头对鳄鱼说:"你们要吃猴心,请赶快上来吧,我们毫不吝惜。"

鳄鱼焦急地说:"我们从没有上过树,怎么能爬上去呀?"

猴子答道:"只要你们照我的话去做,保证你们能吃到猴心。"

"你快说吧,我们一定照办。"两只鳄鱼异口同声地回答。

于是猴子请来许多伙伴帮忙拧下两根结实的藤条,在藤条的下端又结成一个圈套,然后把圈套扔到地上,告诉鳄鱼把头伸进圈套,再上树来吃猴心。当两只鳄鱼不假思索地把头伸入圈套后,猴子们一起用力拉着藤条,两只鳄鱼便被吊在半空中。鳄鱼被藤条勒得喘不过气来,拼命挣扎,可圈套越拉越紧,最后鳄鱼再也动弹不得,一命呜呼了。

聪明的蛤蚧

在一个密林里,住着一只老虎。每天夜晚老虎出去觅食时,就会听到栖息在树洞中的一只蛤蚧发出嘎嘎的叫声。老虎感到很恼火,心想:就是这只讨厌的蛤蚧才使得我不能每次都捕到猎物,我一定要设法把这只蛤蚧除掉。

有一天,老虎想出了一个主意,就对蛤蚧说:"蛤蚧兄弟,请你帮帮我的忙吧!"

蛤蚧听了,感到十分不解地说道:"啊呀,老虎大哥,我能帮你什么忙呀?"

老虎一本正经地说:"事情是这样的,昨天夜里,我做了一个梦,梦见我吃到了蛤蚧的肝。你知道,天王规定,每人做的梦都要变为现实。要是你不能帮助我实现我的梦,我就将受到天王的惩罚。"

蛤蚧好奇地问道:"天王为什么会惩罚呢?"

老虎说:"一旦做了梦,那一定要兑现,可是到现在我还没有吃

179

到蛤蚧的肝呢？"

蛤蚧语气坚定地说："我可不能把肝给你吃！"

老虎严肃地说："你要不肯，那就违犯了天王的规定！"

蛤蚧毫不退让地说："就是违犯了天王的规定，我也不愿意让你吃到我的肝！"

于是，老虎不得不说："那我们去找天王，让它来决定吧！"

蛤蚧当即同意了。

在等待与天王约定见面的日子里，老虎单独先去拜见了天王，告诉了天王事情的经过。天王偏听偏信，同意按老虎的主意把蛤蚧除掉。

后来，老虎和蛤蚧一起前往天宫，只见天王威风凛凛地坐在宝座上，两旁站满了侍从。老虎和蛤蚧来到后，天王首先问老虎："老虎，你先把事情的来由说说吧！"

老虎滔滔不绝地说道："尊敬的天王，那天夜里我睡觉的时候梦见我吃到了蛤蚧的肝。一早醒来，为了使梦变成现实，我就告诉蛤蚧立即把它的肝给我吃，但蛤蚧怎么也不肯。它这样的态度就是不执行天王的规定！"

天王听完老虎的话以后，就问蛤蚧："蛤蚧，你为什么不把你的肝送给老虎呢？"

蛤蚧胸有成竹地说："禀告天王，我认为老虎要吃我的肝根本没有理由。因为，在平常日子里，老虎在夜间总是忙着觅食，没有时间睡觉,也就绝不会做梦!"

天王听了大发雷霆,厉声喝道:"住嘴! 你这个小东西,不管老虎在夜间睡觉还是在白天睡觉,只要它做了梦,那就得兑现! 你立即把你的肝送给老虎吃!"

蛤蚧沉思了一会儿,镇静地说:"天王,您说话可要算数! 我也有一件事要向您禀告,昨天夜里我也做了一个梦,梦见自己吃到了老虎的心,那也得照天王的规定办才对呀!"

天王听了,马上追问:"你真的做了这个梦吗?"

蛤蚧一本正经地说:"天王您对一切都是了如指掌的,我怎么能欺骗您呢?!"

天王再也无言以对。老虎见势不妙,便悄悄地溜走了。

从此以后,天王就改变了做梦的规定,梦不会变成现实。

白鹭和螃蟹

从前,在老挝玛西玛维赛的密林中有一个名叫加古达的大湖。一只白鹭从远方款款飞来,在湖边落下,看到湖里有许多鱼虾螃蟹,它馋涎欲滴,渴望饱餐一顿。可是湖中的鱼虾早就发现了白鹭,便互相转告不要游到浅水区去。白鹭因吃不到鱼虾,十分懊丧。后来它灵机一动,飞到湖的另一边,把一条腿缩起,把另一条腿涉入浅水中,低着头装作愁眉苦脸的样子,眼泪扑簌簌地流下来。当看到小鱼小虾游过来,它竭力克制住自己的食欲,不去捕捉。

一条小鱼看见白鹭这副模样感到十分奇怪,便上前询问说:"白鹭先生,您为什么这样愁眉不展,不吃东西呀?"

白鹭缓缓抬起头,语气温和地说:"啊,鱼兄弟,请听我说,以前我一直以鱼虾为食物,犯了很多罪孽,为了洗刷我的罪过,最近我到了喜纳盘山上穆尼法师那里受戒学道,懂得了什么是慈悲。从那以后,我已不再杀生,不以鱼虾为食物了。今天,当我路过乌达

182

城时,听说县官命令城里所有的渔夫,不久要集中到加古达大湖,把湖中所有的鱼虾捕光,我心里很难过,对你们的处境十分忧虑,所以赶紧飞来,把这消息告诉你们。"

这条小鱼听了白鹭的话,信以为真,感到十分担心,立即向白鹭哀求说:"白鹭先生,请您快想想办法救救我们吧!"

白鹭转动了一下眼珠说:"据我所知,在塔西纳博国有一个大湖,湖中有很丰富的食物,而且湖水很深,也很清澈,如果你们转移到那儿去,就可脱离险境。"

小鱼听了,急忙问道:"那我们怎么去那个大湖呀?"

白鹭装出十分关心的样子说:"如果你们信任我,我可以一个一个带你们到那个大湖去。"

小鱼立即和其他鱼儿商量,决定让白鹭先带自己去看一看,再让白鹭带自己回来告诉同伴那里的情况。白鹭欣然同意,就叼起小鱼飞到了塔西纳博国的大湖边,把鱼放入湖中。小鱼在湖中自由自在地游了一阵后,就让白鹭带自己回原来的湖中,然后把亲眼看到的情况告诉同伴。鱼儿们听了十分高兴,都争先恐后地要让白鹭带自己到新的大湖去。于是白鹭趁机把鱼儿一个一个叼走,悄悄吞下肚去,每天美餐一顿。

有一只名叫占塔拉加达的螃蟹,看到白鹭每天叼走一条鱼,逐渐起了疑心:莫非那只白鹭把我的鱼兄弟骗走,偷偷吃掉了?我得弄个明白。于是它来到白鹭跟前,用央求的口气说:"白鹭先生,请可怜可怜我,救救我的命,把我也带走吧!"

白鹭听了心想:我每天吃鱼都吃腻味了,还没有吃过螃蟹,正想尝尝它的味道呢!它便满口答应。当它张开嘴巴正要叼螃蟹时,聪明的螃蟹立即说道:"白鹭先生,我刚刚蜕壳,甲壳还很软,你如果叼我,我的甲壳就会破裂,另外我担心你叼不牢,中途我会掉下来摔死,所以,最好还是让我夹住你的脖子把我带走吧!"

白鹭见螃蟹说得有理,也就依从了,于是它低下头让螃蟹用两只螯夹住自己的脖子,然后扇动翅膀向大湖飞去。

当白鹭把螃蟹带到塔西纳博国的大湖上空时,螃蟹俯瞰下方,看到湖边有一大堆鱼骨头,恍然大悟:白鹭这个骗子吞吃了大量的鱼,只剩下一堆鱼骨头了。螃蟹气愤至极,便紧紧钳住白鹭的脖子说:"你是个骗子,你偷吃了我们好多鱼兄弟,这回又想吃我,现在你必须立即送我回去,否则我们就同归于尽!"

白鹭疼痛难熬,只好同意带螃蟹回去。白鹭把螃蟹带到原来的那个湖边,螃蟹仍死死地钳住它的脖子不放,终于结束了这个骗子的生命。

山羊和黄狗

有一天,一只山羊外出找青草吃。走着走着,它来到一座象房旁边,看见象房里有一大堆青草,就偷偷进去,饱食一顿,最后又把一捆青草衔走。不料,这时象倌正好回来,看见山羊嘴里叼着一捆青草,立即抄起木棍,朝山羊的背上狠狠打去。山羊被打得咩咩直叫,放下了青草,拼命地逃跑了。

过了一阵,它来到一户人家的篱笆边躺下休息。这时,有一只黄狗来到那家厨房找吃的。当它叼着一块肉正要走出门时,那家的主人刚好回来看见黄狗,马上抡起棍子朝它揍去。黄狗丢下肉块,拔腿就逃。可它的腿被打得一瘸一拐的,疼痛难熬,实在跑不动了,就躲在篱笆下休息。

躺在那里的山羊看见黄狗一瘸一拐地跑来,便奇怪地问黄狗:"喂,老兄,你的腿怎么啦?是不是得了什么病啦?"

黄狗一看是山羊在问它,就反问说:"哎呀,老弟,你怎么也躺在这里?是不是身体不舒服啦?"

于是山羊如实地把自己的遭遇对黄狗说了，黄狗也把自己的经历告诉了山羊。

山羊接着说："为了使我们都能找到吃的，今后我们必须互相帮助。"

黄狗听了，连连点头，满口答应。

山羊又说："老兄，我想出了一个好主意，以后，你到象房去，即使被象倌看见了，他对你也不会发生怀疑，因为你是吃肉的，不会吃他的青草。然后，趁他不在的时候，你把青草衔回来给我吃。我去那家的厨房，就是被那家主人看见了，他同样不会怀疑我，因为我是吃草的，不会吃他们家的鱼呀肉呀。然后，趁他不在的时候，我就把肉叼来给你吃。咱们互相交换，你看怎么样？"

黄狗听了，满心欢喜，笑着说："这太好啦，我们可不愁吃啦！"

从此以后，山羊和黄狗就这样互相帮助，相亲相爱，日子过得十分惬意。

小鸟和大象的比赛

古时候,有一头大象和一只小鸟生活在同一片森林里。这只大象身高体胖,它的腿有椰子树干那么粗,耳朵像个大蒲扇。那只鸟虽然身材瘦小,但十分聪明伶俐。大象和小鸟经常比试。虽然大象一次也没赢过小鸟,但它始终不服输。

一天,大象又想和小鸟比个高低,就对小鸟说:"喂,小鸟,我想和你比一比,看谁喝水喝得多。这回谁赢了,谁就当森林之王,不必像以前那样争吵不休,你看怎么样?"

小鸟想了想,点头答道:"好吧!不过,咱们得去找一个水多的地方去比。"

大象满口答应。

于是小鸟领着大象出发了。小鸟在树林中飞来跳去,大象沿着小鸟带的路气喘吁吁地走着。它们穿过了好几处密林,翻越了好几座大山,最后来到了海边。

这时,海水正在涨潮。小鸟对大象说:"大象哥,你看这海水太多啦,你个头比我大,还是请你先喝吧!"

大象慢腾腾地走到海里,把长鼻子伸进水中,咕嘟咕嘟地喝了起来。

小鸟在一旁打趣说:"你怎么只喝这么一点儿? 等一会儿,我喝的可比这多上千万倍!"

大象顾不得回答,越发使劲地喝着。

小鸟装作惊奇的样子说:"哎,大象哥,这海水怎么越喝越多啦? 你是不是又把水从鼻子里吐出来了?"

大象感到莫名其妙:自己喝得够多的了,肚子已经胀鼓鼓的,为什么海水会越来越多呢? 这时,不断上涨的海水淹没了象脚,接着又漫过了它的脊背,大象累得疲惫不堪,不得不抬起头,走上岸来。

轮到小鸟喝水了。只见它一会儿腾空展翅,一会儿俯冲下去,贴着水面飞翔。一直等到退潮的时候,它才开始喝水。它把嘴伸进水里,装着狂饮的样子,同时顺着海水退潮的方向飞去。最后,它回到大象跟前说道:"大象哥,我喝的水比你多得多吧! 你看见了吗? 刚才海水是满满的,现在已经很浅了。"

大象望着不断低落的海水,连连点头,钦佩小鸟喝水的本领,承认自己又输了。

从此以后,大象心悦诚服地让小鸟当了森林之王。

青蛙和狮子

一只青蛙住在水塘边。有一天,一只狮子大摇大摆地前来喝水。青蛙质问狮子道:"喂,狮子老爷,你为什么这么随便,把我的塘水搞浑了?"

"癞蛤蟆!"狮子龇牙咧嘴地吼着,"别那么放肆,你大概忘了谁是兽中之王吧?"

"兽中之王又怎样?到哪里也得讲礼貌吧!这样问你就叫放肆?哼!高兴叫你声老爷,不高兴喊你作老家伙!"

"好哇,你胆敢如此无礼!"狮子咆哮起来,"看老子生吞了你!"

"哎呀呀,口气多硬呀!可我就是不怕。要是你也想跟我青蛙斗一斗的话,那就请吧!"

狮子恼羞成怒,突然向青蛙猛扑过去。聪明的青蛙扑通一声,早跳到塘里去了。狮子没有多想,也跟着扑到塘里去。结果,塘里的烂泥把狮子的腿淹埋了半截。这时,青蛙又浮出水面,跳到岸上,朝着狮子讥笑。狮子用尽全身的力气又往岸上爬呀爬呀,可是它刚到塘边,青蛙又扑通一声跳到水里。如是反复几个回合,弄得狮子一身软绵绵的,一动也不能动,嘴里直冒白泡。最后,狮子陷在泥里,死去了。

智慧的力量

有一天,一只老虎路过一只癞蛤蟆住的洞口,老虎看见从未见过的癞蛤蟆,感到十分好奇,便在它的洞口不停地转来转去。癞蛤蟆看到比自己身子大许多倍的庞然大物,感到十分害怕,但它马上镇定下来想:要是我马上逃跑,老虎肯定会立即把我逮住,当场把我踩死,我得想个办法把它赶走。

于是癞蛤蟆壮大了胆子对老虎大声喝道:"是哪个家伙? 还不给我快滚开,不然我会一口咬死你!"

老虎一听,立即反问:"谁在那里说话? 好大的口气!"

"哟! 难道你不认识我吗? 我是天神亲自任命的蛤蟆王。"

老虎听了一怔,觉得这家伙来头还真不小,便试探道:"那你有什么本事呀?"

"你呀,只是个头大一点而已,而我却有十八般高强的本领!"

老虎决心与癞蛤蟆比试一下,看谁跳得远。癞蛤蟆一口答应,就对老虎说:"我还可以让你一点,你的起跳线可以在我的起跳线前面!"

癫蛤蟆早就得知老虎有一个习惯,在它每次起跳时,必须先要慢慢地甩动两三下尾巴,然后再猛地用力一蹬向前跳去。当老虎正要甩动尾巴时,癫蛤蟆衔住了老虎的尾巴,老虎一甩尾巴,一下子把癫蛤蟆甩到了前面,当老虎跳过去时,却发现癫蛤蟆已先到了自己的前面。

癫蛤蟆神气十足地对老虎说:"嗨,你怎么现在才来呀?我跳过来后已吃完一只老虎了!"

癫蛤蟆边咬牙边张开嘴巴,让老虎看沾在自己嘴边上的老虎毛。老虎一看信以为真,吓得魂不附体,扭头就往密林深处逃去。

正在树上玩耍的一只猴子,看见老虎如此惊慌失措地奔跑,便大声叫住了老虎。

老虎气喘吁吁地说:"别啰唆了,要不,我们俩现在都得死!"

"是什么怪物呀,把你吓成这个样子?"

"我也不知道它是什么,它像人的拳头那么小,身上长满了疙瘩。"然后,老虎把自己的遭遇简要地告诉了猴子。

猴子一听得知老虎中了癫蛤蟆的奸计,便说:"嗨!原来是只癫蛤蟆呀!走,请你跟我一道回去,找癫蛤蟆去算账,我得把它的脖子拧下来给你看!"

老虎不信,猴子又说:"要是你不信,我可以骑在你身上,一起返回去,我替你报仇!"

　　老虎听了也就同意了,就让猴子骑在自己的背上,一起来到癞蛤蟆住的洞口。

　　癞蛤蟆立即明白了它们俩的来意,就对猴子大声喝道:"嘿!你这只小猴子,你的父亲欠了我十只老虎的债,怎么现在你只送来一只老虎,我可不干!"

　　老虎听后,觉得这回上了猴子的当了,就驮着猴子飞快地逃命。由于跑得太快,它一下子把猴子甩到了一棵树根上。猴子的脑袋当场开花,龇牙咧嘴地歪倒着。

　　老虎跑了一阵子后,停下来休息,远远看见猴子龇着牙,咧着嘴,还以为猴子在笑呢,就对着猴子大声骂道:"看你还敢吹牛! 我可吓得没命了,你却还有脸笑呢!"

青蛙的臆想

从前,有一只青蛙生活在一座寺庙旁边的荷花池中。每天早晨,它吃饱了虫子以后,就无所事事,蹲在那里欣赏荷花池的美丽风景,有时抬起头,望望那金黄色的尖顶寺庙,看着那些身穿袈裟的和尚在干些什么。

青蛙发现和尚们每天诵经念佛,捧着钵子出去化缘,出门时,钵子是空空的,可回来时,钵子里总是装满了各种各样好吃的东西,有时满得连钵盖也盖不住。和尚没有一次是带着空钵子回来的。青蛙看在眼里,十分羡慕,它自言自语道:"当一个和尚有多好呀,什么活也不干,却有各种各样的东西吃。咳,我干吗不是一个和尚呢? 就是念念经,这有什么难的? 我整天呱呱地叫,比和尚念的声音还响,也从不感觉到累。"

这时,和尚吃完饭后,把钵子中剩下的饭菜撒在地上给鸡吃。青蛙看见了,转念一想:噢,鸡比和尚生活得更舒服,它用不着干什么事,只是东游西逛地玩,就有人来给它喂食,我还是当一只鸡好。

正当青蛙这样想时,有一只黄狗跑过来,看见地上有剩饭,立即把鸡轰走,鸡吓得咯咯地乱飞,再也不敢靠近,黄狗毫不客气地大口大口吞吃着本来是属于鸡的食物。

青蛙看见了,又改变了主意想:这只黄狗真有能耐,只要什么时候肚子饿了,什么时候就能轻而易举地抢到别人的东西吃,用不着有人喂它。嗯,当一只狗更安闲舒适。

这时,一个衣衫褴褛的流浪汉蹒跚走过来,黄狗对他汪汪地叫着。流浪汉捡起一块石头朝黄狗砸去,黄狗被打得惨叫一声,慌忙逃走。流浪汉来到荷花池边,双手捧起池水喝了几口,又洗了洗脸,然后走到凉爽的树荫下,伸直双腿,躺下休息。当他闭上眼睛快要睡着时,飞来一只苍蝇,叮着他的脸,他立即把它赶走,可不一会儿,苍蝇又飞来叮他,他无法入睡,只好坐起来,厌恶地骂道:"该死的苍蝇,害得我觉也睡不成!"说着,他站起来继续赶路。

青蛙见了,心想:这小小的苍蝇本事可真不小,就连人都害怕它,它用不着干什么活,飞到哪里,哪里几乎都有东西吃,我还是当一只苍蝇最好!于是青蛙钻到荷叶底下,一边呼吸新鲜空气,一边闭上眼睛,做起当一只苍蝇的梦来。

正当它刚睡着时,一只苍蝇飞到它的鼻子上,青蛙本能地伸出舌头,一下子就把苍蝇吞下肚去。当青蛙发觉自己吞的是一只美味的苍蝇时,沾沾自喜地说:"想不到这么有本事的苍蝇竟成了我的口中之食!哈哈,原来本事最大的还是我自己。"

从此以后,这只青蛙心安理得,不再想入非非当别的什么了。

小牛非伊山

    古时候，在戈山非地域里住着一个行乞者。他节衣缩食，好容易才买回一头小牛。行乞者十分疼爱自己的小牛，小牛也十分喜爱自己的主人。

    小牛长到一岁时，行乞者便给它起了个名字叫非伊山。

    小牛非伊山越长越能干活，主人的日子也就越过越好。一天，非伊山暗暗地想：怎样才能表达我对主人的感恩之情呢？我正值年轻力壮，一定能拉一百架装满沙石的车子。叫主人同一个财主打赌一万元钱，说我能够拉一百架装满沙石的车子。这样，主人打赌一定会赢，他一定能变成富翁的。

    非伊山把自己的想法告诉了主人。主人高兴得不得了，立即去找了一个财主，对他说："我有一头非常健壮的牛，一次可以拉动一百架装满沙石的车子，而且奔跑如飞！"

    财主听了哈哈大笑起来，说："哎呀，你说的那头牛在哪？我从来就没见过这么厉害的牛。"

"那你愿意打赌吗？一万元钱一注！"

"好，一言为定！"财主答应得很干脆。

正当行乞者去牵牛的时候，财主也四处去准备一百架满载沙石的车子。

一切停当，行乞者把牛牵来，套上牛轭，随即一面挥着手中的鞭子，往非伊山身上用力地抽打，一面大声地吆喝道："快，非伊山，我健壮的非伊山，如果你忠于自己的诺言，那么就用尽全身的力气，给我拉着这一百架沙石车飞跑起来！快、快、快！"

非伊山感到受了侮辱，它气呼呼的，一动也不动。行乞者使尽办法，也无法叫它扬蹄，他只好脱下牛轭，闷闷不乐地返回家里，从钱匣子里拿出一万元钱交到财主手里。打从那时起，行乞者连门也不出，心里的怨恨似乎到死也难以消除，人也渐渐消瘦了。

看见主人这副可怜模样，一天，非伊山温和地对主人说："大叔，你为什么这样苦闷？你病了吗？得了什么病呀？"

"都怪你，我才得了病！"

"我怎么叫你生病呢？"

"非伊山，因为你，眼下我又得去行乞了！"

"大叔，这只能怪你，要是你不鞭打我，只要对我说几句欢心话，鼓励我，我就会马上把车拉着飞跑起来。好吧，你现在就去找那个财主来，再同他打赌两万元钱，说我真的能拉动一百架满载沙石的车子。"

　　行乞者又去找财主,说:"现在,我的牛真的能拉动一百架装满沙石的车子,你敢拿两万元钱打赌吗?"

　　财主同意打赌,并亲自把沙石装上车。行乞者把非伊山牵来,把牛轭套上,抚摸着非伊山的脖颈、脊背,然后一面轻轻地拍着它的身子,一面说了不少欢心话。非伊山高兴极了,只见它头一昂,蹄一奋,把一百架装满沙石的车子飞快地拉走了。

　　就这样,财主输了,只好把两万元钱交到行乞者的手里。消息传开,人们纷纷前来祝贺,并对小牛非伊山称赞不已。这个打赏一个钱,那个打赏两个钱,从此,行乞者当上了富翁,过着无忧无虑的快乐日子。

一对无后鸟

从前,有一对鸟儿,在森林里的一棵大树上过着恩爱的夫妻生活。不久,雌鸟觉得身上有异感,便对雄鸟说:"亲爱的,我好像快临产了。你赶快找些什么来给我做个窝吧!"

雄鸟听了,又高兴又焦急,连声答道:"好极了! 好极了! 把窝做在那粗大的树丫上,可稳哩! 不用担心树枝会断。"

从此,雄鸟天天去衔干草、叼树枝,铺了撒,撒了垫,忙个不停,那规模是越弄越大。

雌鸟见雄鸟越做窝越大,忙劝道:"亲爱的,不用做那么大的窝。做合适一点就行啦! 我只生两个孩子罢了,不再多生了。我怕生孩子呀!"

"不要紧,窝越大越好。生两个再生两个,再再生两个。然后,儿子、孙子、曾孙子都在一起,不是越大越好吗?"

"算了吧,做个小窝就行了。我只生这一回不再生了。"

"哎,你没听人类说多子多福吗? 他们还常说,种田费事,建屋

199

费工。我不愿我们这辈子还做两三回窝。"

不管雌鸟怎么劝说，雄鸟还是转不过来。每天天一亮，雄鸟就飞出窝去衔干草、叼树枝。一天天过去了，窝还没有做成，窝里原来的干草却霉烂了，树枝也枯朽了。筑起的窝变得松松垮垮、摇摇欲坠。

忽然，雌鸟焦急地叫了起来："我肚子好疼呀，亲爱的，你让我在哪里生孩子呀？"

"你稍等一等，我把窝做好再说！"雄鸟不慌不忙地回答。

可是怎么能等呢？雌鸟只好把蛋生在未完工的窝里。结果鸟蛋掉在了地上，全被碰碎了。

不知又过了多少时间，窝一直还没有做成。而这一对年轻的鸟儿也渐渐地老死了，最后连一个孩子也没有。